2

Wenn Liebe enthüllt

von

Mona Melbourne

Kriminalroman
spannend und leidenschaftlich
©Mona Melbourne 2020

Dieses Buch habe ich für meine Kinder geschrieben

Miki - unverkennbar und witzig
seine Freundin Johanna – warmherzig und
bescheiden
Tobi – liebenswert und treuherzig
seine Freundin Ivonne – selbstbewusst und fröhlich
die kleine Alina -
quirlig und aufgeweckt

Und ich widme es

meinem Mann Helmut,
meiner Mutter „Oma Rosi" und meinem
Stiefvater „Opa Hans"

Danke, dass Ihr da seid!

Aber auch meinem Bruder Michael ‚seiner Frau Silvia meiner Nichte Nicole mit Freund Tobias

Alle Kraft der Welt, Mut, Glück und
Zuversicht sollen Euch begleiten!

Und meinem Vater, Gott schütze Ihn!

Inhaltsverzeichnis

Zu mir...10

Die erste Begegnung...12

Aufgewühlt und verfolgt..................................19

Das Tattoo und eine tote Frau.........................25

Recherchen...29

Gefangen im Bann der Liebe...........................39

Mariana Rosso..43

Was geschah mit Ammelie................................54

Zwei tote Mädchen und...................................62

Puzzlesteine aus der Vergangenheit................75

Hexenkessel..83

David Sönke..91

Und wieder diese Ronja!.................................105

Sehnsucht und Verzweiflung.........................114

Erste kleine Zusammenhänge.........................124

Kevin Bergens..133

Augustus Jordan..146

Eine andere Sicht der Dinge...........................157

Klara Bergens in großer Gefahr.....................167

Eine furchtbare Nacht.....................................176

Klara sieht der schrecklichen Realität ins Auge
....188

Der unfassbare Moment der Wahrheit...........199

Das Schlimmste im Leben einer Mutter........208

Ein entsetzliches Ende....................................215

Mona hat es geschafft.....................................228

Danke...244

Zu mir

Ich wurde in Irland geboren und bin dort aufgewachsen bis zu meinem fünften Lebensjahr. Dann wanderten meine Eltern mit mir nach Deutschland aus. Seither lebe ich in einem kleinen Vorort der Stadt Ingolstadt. Natürlich war das mein Zuhause, trotzdem träumte ich oft davon, eines Tages wieder nach Irland zurück zu kehren.

Mit zwanzig nun war ich ein hitzköpfiges Mädchen, voller Elan und Tatendrang. Nichts und Niemand konnte mich stoppen, wenn ich mir was in den Kopf setzte. Meine offene, herzliche und ehrliche Art ermöglichte es mir, Menschen schnell für mich zu gewinnen. Ich ließ mir nichts gefallen und bezwang jede Hürde, die sich mir in den Weg stellte. Meine rote Lockenmähne und meine Sommersprossen ließen auch von vorne herein genau darauf schließen, muss ich sagen. Auch meine

Figur war nicht die eines Models und ich hatte hier und da so eine kleine Rundung zu viel. Ich empfand mich nicht als Schönheit, war aber trotzdem voll und ganz mit mir im Reinen.

Wie sehr mir genau diese Charaktereigenschaften von Nutzen sein würden in der Zukunft, konnte ich zu dem Zeitpunkt allerdings noch nicht erahnen. Sehr bald schon sollten sich die Dinge für mich ändern und mein Leben mich vor eine der größten Herausforderungen stellen, die ich je zu meistern hatte.......

Die erste Begegnung

Ich war gerade 20, als er mir begegnete. Ich saß in der U-Bahn und war auf dem Weg nach Hause.

Da passierte es!

Ein Mann stieg ein, so wunderschön, wie ich mir das immer in meinen Träumen vorgestellt hatte. Er hatte die schönsten blauen Augen, die ich je gesehen habe. Sein Mund war so sinnlich und weich. Trotzdem waren seine Gesichtszüge eher markant und zusammen mit den pechschwarzen Haaren machte das aus ihm diese Schönheit, die mich nahezu umhaute! Ich war noch Jungfrau, weil ich auf „Den Richtigen" warten wollte.Trotzdem war mir natürlich mein Körper nicht fremd und selbst, wenn ich noch nie mit einem Mann geschlafen hatte, wusste ich, was ich mit mir anstellen konnte. Wie oft lag ich abends in meinem Bett und mein Schoß bebte vor Verlangen. Wenn ich dieses Verlangen spürte, erkundete ich natürlich meinen Körper, fing ganz automatisch an, ihn zu streicheln. Meine Finger glitten hinab zu meiner kleinen unerfahren Stelle dort unten in meinem Schoß und wenn auch anfangs sehr zaghaft, so wusste ich doch automatisch, was ich zu tun hatte, um meine Lust zu stillen.

Völlig überrascht war ich nun, dass sich dieses Gefühl der Begierde beim Anblick eines fremden Mannes sofort bei mir meldete. Ich merkte eine Unruhe und ein Beben in mir, wie ich es vorher noch nie erlebt hatte. Nervös rutschte ich auf dem Sitz hin und her, völlig überfordert von dem, was plötzlich mit mir geschah. Ich kannte zwar meinen Körper und wusste, wie gesagt wie ich meine Lust stillen konnte aber bei dem Anblick eines Mannes ist mir so etwas, wie gerade im Moment, noch nie passiert. Ich spürte regelrecht, wie mir die Röte ins Gesicht schoss und versuchte verzweifelt meine Blicke von ihm zu wenden, um nicht aufzufallen. Ich weiß nicht ob er etwas von meinen Gefühlen bemerkte aber auf jeden Fall geschah das Unvorstellbare! Er setzte sich auf den freien Platz gegenüber von mir.

Oh mein Gott, mein Herz pochte und zugleich hatte ich Angst, mein Schoß würde so sehr zucken, dass man es sehen könnte. Keine Ahnung, was da gerade los war, ich konnte nicht mehr denken.

Es war, als würde mein Körper von meinem Verstand Besitz ergreifen! Ich konnte mich einfach nicht dagegen wehren!

Was sollte ich nur tun?

Ich hatte Angst, er könnte durch mein Shirt sehen, wie sehr mich sein Anblick aufwühlte. Schnell zog ich meine geöffnete Jacke zu. Wie sollte ich denn nur meine Gefühle verbergen, wenn ich mich fühlte als würde mein Körper gleich anfangen zu verbrennen! Ich war nicht in der Lage, mich normal zu verhalten. So war es nicht zu vermeiden, dass der Mann meine Unruhe spüren musste! Ich hoffte nur dass er nicht meine Erregung bemerkte, sondern nur, dass irgendwas nicht in Ordnung war mit mir. Es dauerte nicht lange, bis er mich schließlich ansprach. Ich dachte, mein Herz würde stehen bleiben.

„Ist alles mit Ihnen in Ordnung, geht es Ihnen gut?" Fragte er mich. Er hatte ein kleines Lächeln auf den Lippen, das ich nicht wirklich zuordnen konnte, so wusste ich auch nicht, was oder wie viel er denn von meiner Misere bemerkt hatte.

Ich versuchte all meine Sinne zu ordnen und antwortete so klar ich nur konnte: „Ja, danke, mir ist nur etwas zu warm:" Gott, wie blöd! Es war Winter und wirklich kühl in dem Abteil der Bahn! Er schmunzelte, stand auf und sagte: „Komm, ich werde Dir den Schal etwas lockern, dann wird es gleich besser werden."

Ehe ich mich versah, stand er über mich gebeugt und seine Finger glitten in meinen Schal, um ihn ein wenig zu öffnen. Ich war wie gelähmt. Es war, als würden tausend Blitze durch meinen Körper gleiten! Seine Hände berührten wie durch Zufall ganz zart meinen Hals. Ich spürte seine Finger auf meiner Haut und ein Beben erfasste mich, als würde ich jeden Moment explodieren! Das war der Augenblick, in dem mir klar wurde, dass er unweigerlich gespürt haben **musste**, was in mir vorging und augenscheinlich war ich ihm auch nicht egal.

Ich wusste nur nicht, was genau in ihm vorging. Genoss er es einfach, mich so zu beherrschen mit seiner Ausstrahlung oder begehrte er mich genauso, wie ich ihn. Er öffnete langsam meinen Schal. Viel langsamer und zärtlicher als es sein musste und es hatte den Anschein, dass er diesen Moment genauso wahrnahm, wie ich es tat und auch ebenso genoss.

Es war, als ob zwischen uns Stromschläge ausgetauscht würden. Langsam setzte er sich wieder und blickte mir lange und intensiv in die Augen. „Besser so?" fragte er mich ohne seinen durchdringenden Blick von mir zu lassen. Ich war außer mir vor Begierde, musste seinem Blick ausweichen, um überhaupt in der Lage zu sein, ihm zu antworten.

„J-J-Ja" , antwortete ich stotternd. „Vielen Dank."

Ich ließ meinen Blick gesenkt, um meine Nervosität zu verbergen. Natürlich half das gar nichts aber ich wusste einfach nicht, wie ich mich sonst verhalten sollte. Ich wollte ihm am liebsten in die Arme sinken und mit ihm verschmelzen. Er sprach weiter und seine Stimme ließ mich noch mehr erzittern:

„Wie heißt Du?" Fragte er mich.

„Ich, also, … ich heiße Mona." Stotterte ich weiter.

„Mein Name ist Erik." Sagte er, während er sich zu mir nach vorne beugte, sodass ich ganz leicht seinen Atem spüren konnte. Ich konnte sein Parfum riechen, was mich nur noch mehr erregte. Ich war mir sicher, ich würde diesen Duft wohl nie mehr vergessen.

„Du bist wunderschön," flüsterte er mir leise zu und legte seine Hand auf meinen Oberschenkel. Ich dachte, ich würde jeden Moment abheben, so sehr ließ mich nur diese eine, kleine Berührung entgleisen. Er streichelte ganz zart über meinen Oberschenkel, als er weiter fragte:

„Findest du mich auch so anziehend, wie ich dich?" Während seine Hand über meinen

Oberschenkel glitt, fiel mir dann aber ein Tattoo auf seinem Handrücken auf, das mir eigenartig vorkam.

Es war eine Rose mit Dornen und sah irgendwie bedrohlich aus, obwohl eine Rose eigentlich eine wunderschöne Blume ist.

„Wir kennen uns doch gar nicht," versuchte ich auszuweichen, denn ich wollte mir nicht gleich so eine Blöße geben. Dieser Mann war mir völlig unbekannt, ich konnte einem wildfremden doch nicht gestehen, dass sein Anblick alleine mir nahezu meine Sinne raubte! Ich setzte mich zurück und versuchte mich zu sammeln. Ich zwickte meine Beine zusammen, und atmete tief durch. So ging das nicht, ich musste zur Vernunft kommen und versuchen, ein normales Gespräch mit dem nötigen Abstand zu führen. Ich weiß nicht ob allen Frauen so etwas geschehen konnte, wie mir gerade aber sicherlich konnten die sich besser im Griff haben. Das bringt wahrscheinlich die Erfahrung mit, die mir eben noch fehlte. Außerdem hat mich das Tattoo etwas ernüchtert, weil es mir so eigenartig vorkam, irgendwie bedrohlich und das ließ mich vorsichtiger werden und meine Begierde etwas abflauen.

„Mag sein," antwortete er, „aber ich kann nicht anders, ich muss dir näher kommen. Ich kann es nicht erklären aber es ist wie Magie! Ich habe so etwas noch nie erlebt. Bitte, wir müssen uns wieder sehen!"

Die Bahn hielt an der ersten Station und es stiegen zwei Polizisten ein. Plötzlich wurde dieser Mann völlig unruhig.

„Schnell, gib mir Deine Hand! Bitte, gib sie mir!!" sagte er hektisch und aufgeregt. Wie gelähmt saß ich da und streckte ihm meine Hand entgegen. Er nahm einen Stift und schrieb mir eine Nummer auf den Handrücken.

„Ruf mich an!! Bitte!!"

Die Polizisten kamen in unsere Richtung, der Mann stand auf und verließ das Abteil so schnell, dass ich nicht einmal mehr Zeit hatte, etwas zu sagen. Was war denn das? Hatte er etwas zu verbergen? Es konnte doch nicht sein, dass diese Augen die Augen eines Verbrechers waren!

Ich war außer mir, noch völlig aufgewühlt von diesem wahnsinnigen Gefühl der Begierde, das ich gerade erlebt hatte und dem, was da eben vorgefallen war. Ich konnte mich doch nicht in einen Verbrecher verliebt haben! Nicht ich, wo ich doch so viele Jahre auf den ´Richtigen´ gewartet hatte. Dann sollte es ein Verbrecher sein! Nein….das war unmöglich!

Aufgewühlt und verfolgt

An der nächsten Station musste ich aussteigen. Auf dem kurzen Nachhauseweg gingen mir tausend Gedanken durch den Kopf. Ich sah auf die Nummer und überlegte, was ich tun sollte. Konnte ich ihn einfach anrufen? Was, wenn der Mann gefährlich war? Aber vielleicht war ja alles ein Missverständnis und er könnte meine Vermutungen widerlegen?

So in meinen Gedanken versunken, merkte ich erst wenige Schritte vor meiner Haustüre, dass Jemand hinter mir ging. Ich drehte mich um und sah eine Frau, die mir schon in der Bahn auffiel. Hatte sie mich etwa verfolgt? Ich ging vorbei an meiner Haustüre, um zu sehen ob sie mir weiter folgen würde. Tatsächlich, sie blieb hinter mir. Ich bekam Angst und wurde immer schneller. An der nächsten Abzweigung versuchte ich, sie abzuhängen. Ich wusste dort gab es die Möglichkeit, in den Hauseingängen zu verschwinden. Ich ging also in eines der Häuser und tat so, als würde ich dort wohnen.

Die Frau blieb eine Weile unten am Eingang stehen und verschwand dann.

Was zum Teufel war das! Was wollte die von mir? Das konnte doch nur mit meiner

Begegnung mit diesem Mann zusammen hängen.

Ich wartete noch ein wenig, um sicher zu gehen, dass diese Person auch weg war und machte mich dann auf den Heimweg. Dort angekommen musste ich mich erst einmal beruhigen.

Ich nahm einen Schluck Rotwein und ging duschen. Das angenehme prickeln des Wassers auf meiner Haut ließ mich, ohne es zu wollen aber sofort wieder an die Situation in der U-Bahn denken. Augenblicklich waren wieder all diese unbeschreiblichen Gefühle da. Ich versuchte, meine Gedanken zu beherrschen und meine Begierde zu verdrängen aber ich konnte nicht anders. Die Gedanken an diesen Mann ließen meinen Schoß pochen, egal wie sehr ich mich auch dagegen wehrte. Automatisch glitten meine Hände über meine Brüste. Ich streichelte sie und stellte mir vor, es wären die Hände dieses Mannes. Ich spürte, wie mein Schoß vor Erregung sofort wieder anfing zu beben. Nur die Vorstellung an diesen Mann ließen mich schon in völlige Ekstase verfallen. Meine Hände glitten langsam hinab und es war nur eine einzige Berührung notwendig, um mir ein Gefühl zu bereiten, das mit einer Explosion zu vergleichen war. Ich sah seine Augen vor mir und stellte mir in diesem

Moment vor, wie es wohl wäre, wenn er mich wirklich berühren würde. Wenn es seine Hände wären, die erst meine Brüste streichelten und dann langsam über meinen Bauch hinabgleiten würden, um mich mit nur einer Berührung zum Höhepunkt zu führen. Alleine der Gedanke daran überwältigte mich so über alle Maßen, dass ich mir nicht vorzustellen vermochte, wie wohl der Sex mit diesem Mann wäre.

Ich brauchte Minuten, um mich zu beruhigen. Mein ganzer Körper bebte und ich hatte das Gefühl, das würde nicht mehr aufhören. Völlig außer Atem ging ich aus der Dusche und wickelte mich in ein Handtuch. Als ich vor dem Spiegel stand, betrachtete ich mich und überlegte ob er das wohl ernst gemeint hatte, dass ich wunderschön sei. Das war mir dann ja schon neu, irgendwie. Ich war zwar mit mir zufrieden, sozusagen aber nie wirklich der Meinung, eine Schönheit zu sein. Meine rote Mähne, die ich auf dem Kopf hatte ließ sich kaum bändigen und da waren auch noch die Sommersprossen, die, wie ich fand, eher frech wirkten aber nicht unbedingt dem Schönheitsideal entsprachen! Meiner Meinung nach erinnerte das eher ein bisschen an Pumuckl! Wieso fand dieser Mann das denn „wunderschön"?

Meine Figur war auch nicht gerade die von einem Model. Ich hatte große Brüste und mein Hintern war nicht unbedingt der kleinste. Da meine Taille aber eher sehr schmal war, wirkte mein Körper furchtbar kurvig, was mich meiner Meinung nach, eigentlich immer ein wenig von all den ´normalen Mädchenfiguren´ unterschied. Nun sagte mir dieser Mann plötzlich, ich wäre wunderschön? Verwirrt von all diesen Gedanken setzte ich mich auf die Couch und viel sehr schnell in einen Zustand der Erschöpfung, der mich sofort einschlafen ließ. Gegen drei Uhr nachts wachte ich auf, weil ich furchtbar fror.

Immer noch erschöpft ging ich zu Bett. Ich hatte noch nie so einen Höhepunkt erlebt und meine Knie schlotterten noch immer von der totalen Verausgabung, die mein Körper in diesem Moment durchlebt hatte. Ich kuschelte mich in mein Bett und langsam kehrten wieder normale Gedanken in meinen Kopf zurück.

Ich konnte mir dieses ganze Kuddelmuddel hier nicht erklären. Was geschah nur mit mir? Wie sollte ich in dieser Situation denn einen klaren Verstand behalten, wenn dieser Mann es schaffte, mich in nur wenigen Minuten so in seinen Bann zu ziehen? Eigentlich war ich bis dahin der Meinung, mir würde so was nie passieren!

Ich fiel in einen tiefen Schlaf und erwachte jäh durch das heftige Schellen meiner Türglocke. Wer konnte das sein, so früh am Morgen? Ich war ein wenig sauer, weil man mich um diese Uhrzeit aus dem Bett klingelte, vor allem nach der kurzen Nacht. Brummig ging ich zur Tür und öffnete sie mit mehr Schwung als normal, um meinem Ärger etwas Luft zu machen. Denn, das musste ich zugeben, meine Mähne passte nun schon irgendwie zu meinem Charakter. Ich würde mich selbst nämlich als quirligen Hitzkopf beschreiben. Völlig erschrocken starrte ich genau auf die Frau, die mich gestern Abend verfolgte.

Panisch versuchte ich die Tür zu schließen aber Sie war schneller und steckte den Fuß in die Tür.

„Bitte," sagte sie, „Sie müssen mir zuhören! Nur fünf Minuten und ich verspreche Ihnen, dann gehe ich wieder."

Langsam öffnete ich die Tür und ließ die Frau eintreten. Ich hatte gemischte Gefühle aber irgend etwas sagte mir, sie würde mir nichts tun. Ich bat sie, sich zu setzen. „Nun, was wollen sie von mir? Warum verfolgen Sie mich?" Fragte ich etwas energisch. Die Frau schaute mich an und sagte:

„Ich habe Sie gestern gesehen, mit Erik. Woher kennen Sie ihn?"

„Ich habe ihn gestern zum ersten Mal gesehen. Ich kannte ihn bis dahin nicht." Gab ich zur Antwort:

„Bitte, Sie müssen mir Versprechen, ihn nicht mehr zu treffen! Bitte, es ist wichtig! Er ist gefährlich und wird Ihnen Unglück bringen!"

Ich schaute sie nur an und fragte: „Und warum, weil Sie ihn haben wollen oder wie soll ich das verstehen?"

„Ich kann ihnen das nicht erklären. Bitte, Sie müssen mir glauben!"

Darauf hin sprang die Frau auf und verschwand.

Was sollte ich nun davon halten.

Die Sache wurde immer mysteriöser.

Dieser Mann wurde immer mysteriöser.

Was war da los? Ich verstand gar nichts mehr.

Was wollte diese eigenartige Frau überhaupt?

Das Tattoo und eine tote Frau

Heute war mein freier Tag und ich beschloss, der Sache auf den Grund zu gehen. Ich weiß nicht warum aber irgend etwas in mir sagte mir, dass dieser Mann nicht gefährlich sein konnte. Ich konnte und wollte das nicht glauben. Wo sollte ich nun anfangen? Gut, ich hatte seine Nummer, allerdings wusste ich im Moment nicht, welche Rolle diese Frau spielte. Immerhin hatte sie mich am Vorabend ja auch getäuscht und trotz meines Versuches, sie abzuhängen gewusst, wo ich wohne.

Was, wenn sie mir noch mehr hinterher spionierte, als ich vielleicht für möglich hielt?

Das Ganze war so verrückt, dass ich mir inzwischen Alles vorstellen konnte. Gut, ich musste erst einmal einen anderen Weg suchen. Wie ich das anstellen sollte, war mir jedoch noch nicht klar.

Ich setzte mir Kaffee auf und machte mir Toast und Ei zum Frühstück. Die letzten 24 Stunden waren wohl das eigenartigste, was mir je passiert ist. Langsam konnte ich meine Gedanken wieder sortieren. Auch meine

Gefühle beruhigten sich. Ich dachte über das Geschehene nach, wiederholte in Gedanken alles, was passiert war.

Na klar!

Das Tattoo, vielleicht hatte das ja was zu bedeuten!

Ich `Dummkopf`!

Ich setzte mich sofort an den Computer und versuchte etwas darüber zu finden. Eine Rose mit Dornen. Gut. Mal sehen, was es darüber zu finden gab. Es dauerte nicht lange und ich hatte tatsächlich Etwas gefunden. Nur war es nicht unbedingt das, was ich mir erhofft hatte.

Hier stand, dies wäre ein Tattoo, welches im Gefängnis üblich wäre. Es bedeutet, dass ein Häftling seinen 18. Geburtstag wohl im Gefängnis erlebt haben soll!

Ich war starr vor Entsetzen!

Habe ich mich wirklich so in diesem Mann getäuscht?

Hat diese Frau tatsächlich recht mit Ihrer Warnung? Ich konnte und wollte das einfach nicht glauben! Ich konnte es nicht erklären aber da war ein ganz tiefes Gefühl, das mir sagte:

„dieser Mann ist kein Verbrecher!"

Ich bin so dumm, warum habe ich nur die Frau nicht mehr gefragt?! Ich schaute   nebenbei gleich nach den Nachrichten im Internet, wenn ich schon davor saß. Ich hatte ja Zeit an meinem freien Tag.

Was ich da aber fand sorgte dafür, dass mir der Atem stockte!

Da war ein Bild von genau dieser Frau, die gestern bei mir war! Ich las und konnte nicht fassen, was dort stand.

Das war doch nicht möglich!
Sie sei tot, las ich, ermordet!

Ich glaub´, ich bin im falschen Film! Man hat sie nur eine Straße weiter gefunden. Am kuriosesten aber war die Tatsache, dass Sie mit einer Armbrust erschossen wurde! Man sollte sich bei der Polizei melden, wenn man irgend etwas über diese Frau wusste!

Verdammt, was war hier los!
Wo bin ich hinein geraten!

Es lief mir eiskalt den Rücken hinunter. Mir war schlecht, ich dachte ich müsste mich gleich übergeben. Ich hatte keine Ahnung, wie ich mich jetzt verhalten sollte. Melde ich mich gleich bei der Polizei oder lasse ich es einfach darauf ankommen? Ich wusste, dass ich dann aber auch über Erik sprechen musste und das wollte ich auf jeden Fall vermeiden.

Bestimmt war noch etwas Zeit bevor ich dorthin ging. Ich kann es nicht sagen aber ich zögerte und wollte immer noch nicht wahr haben, dass dieser Mann ein Mörder sein sollte!

Ich durchstöberte das Internet und hoffte, noch irgend einen Anhaltspunkt zu finden. Vielleicht stand etwas über diese Frau im Netz. Sie musste auf jeden Fall eine Verbindung zu Erik haben. Ich suchte nach Zeitungsartikel, in denen man einen Zusammenhang entdecken konnte. Die Frau hatte in etwa das Alter von Erik. Beide könnten so ungefähr 24 oder 25 Jahre alt sein. Ich versuchte zehn Jahre zurück zu gehen mit meinen Recherchen. Stunden vergingen und ich konnte nichts finden. Mein Rücken tat weh. Ich holte mir was zu trinken und bewegte mich ein bisschen. Ich überlegte mir, ein wenig frische Luft zu schnappen und ging nach unten.

Ich war noch nicht mal ganz durch die Tür und bemerkte auch schon zwei Polizisten, die die Leute auf der Straße befragten. Sie zeigten ein Foto. Ich konnte mir das auch nur einbilden aber die suchten mit Sicherheit nach Hinweisen zu der ermordeten Frau.

Schnell machte ich mich wieder aus dem Staub und ging zurück in meine Wohnung. Sollten diese Polizisten klingeln, beschloss ich, nicht zu öffnen. Es konnte ja genauso gut sein, dass ich nicht zuhause war. So verschaffte ich mir Zeit, um zu versuchen, irgend etwas zu finden, das mir weiter helfen könnte.

Irgendwas musste es da geben, zum Kuckuck!!
Im Moment sah es tatsächlich so aus, als könnte
Erik der Mörder dieser Frau sein. Ich weiß
nicht, was ich mir von der Suche versprach,
konnte aber nicht anders. Es war wie ein
Zwang. Ich war nicht in der Lage, es zu
erklären aber ich war mir noch nie einer Sache
so sicher, wie dieser. Eine Stimme in mir sagte
mir ganz klar und deutlich, dass Erik nicht der
Mörder war! Nicht von dieser Frau und egal
was da wohl früher passiert war, für mich
stand fest, dass Erik kein Verbrecher war!

Recherchen

Ich machte mich also wieder an die Arbeit und
suchte weiter. Bisher wusste ich nur, dass diese
Frau mit einer Armbrust getötet worden war
und in etwa 25 Jahre alt sein musste. Also….. so
viele Leute konnte es nicht geben, die sich
auskannten, wie man mit einer Armbrust
umgeht und wenn, dann war klar, dass sie das
irgendwo erlernt hatten. Na klar!! …… Ich
musste nach Vereinen suchen oder

irgendwelchen Institutionen, in denen man das lernen konnte! Das war nur ein Strohhalm, an den ich mich klammerte aber egal, ich machte mich sofort auf die Suche!

Moment mal…...Schule! Wenn die beiden ungefähr gleich alt waren, habe ich eventuell die Chance über Jahrbücher und dergleichen ein paar Anhaltspunkte zu finden.

Na bitte!! Das war doch schon mal ein Anfang! Ich versuchte zehn Jahre zurück zu gehen und fragte nach Schulabschlussklassen und voilà… jede Menge Fotos erschienen.

Es dauerte ungefähr zwei Stunden, ich hatte schon fast die Hoffnung aufgegeben, da entdeckte ich ein Bild. Es war zehn Jahre alt aber ich wusste sofort, …. das war Erik!!

Mein Herz pochte. Nur der Anblick dieses Bildes ließ sofort wieder diese Gefühle in mir hochsteigen. Das war nicht zu fassen. Es schien ein Bild von einer Feier zu sein, einer Abschlussfeier oder dergleichen. Auf jeden Fall ein Gruppenbild. Ich vergrößerte es und schaute mir jede einzelne Person genau an.

Da! Diese Frau! Das war sie!

Ich war mir absolut sicher!

Sie waren also in einer Klasse zusammen, so wie es aussah. Unter dem Bild standen einige Informationen. So konnte ich ziemlich schnell die Schule ausfindig machen und auch die zugehörige Adresse mit Telefonnummer. Außerdem war anhand der Jahreszahl und der Klassenstufe zu errechnen, dass Erik wohl heute 26 Jahre alt sein musste. Ebenso auch diese Frau. Ich schrieb mir alles auf und wollte gleich am nächsten morgen versuchen, vor Ort etwas herauszufinden, denn heute war es wohl schon zu spät, um dort jemanden zu erreichen.

Für heute würde ich versuchen, alles, was nur möglich war, im Internet herauszufinden und fing an, nach Armbrustschützen und damit in Verbindung stehenden Vereinen oder dergleichen zu recherchieren. Schnell waren zwei Vereine aus der Umgebung gefunden.

Nun das Ganze nochmal von vorne. Ich nahm mir ein Bild nach dem anderen vor. Es dauerte nicht lange bis ich was entdecken konnte. Auf einem Bild war die Frau zu sehen, mit zwei Männern an Ihrer Seite. Es war ganz klar zu erkennen, dass Sie in einen der beiden wohl sehr verliebt gewesen sein musste. Da gab es aber auch noch ein paar Personen im Hintergrund zu sehen. Ich vergrößerte das Bild und wieder hatte ich Glück! Ich erkannte Erik mit einem sehr hübschen, sympathischen Mädchen im Arm. Das war, so wie es aussah, seine Freundin zur damaligen Zeit. Wenn diese ganze Gruppe sich zu den Armbrustschützen zählte, würde ich mit etwas Glück vielleicht einen Zeitungsartikel finden. Wer weiß, es gab ja auch Wettkämpfe und Meisterschaften in diesem Sport.

Mir war klar, dass ich der ganzen Sache definitiv auf den Grund gehen würde, deshalb rief ich meinen Chef an, um mir den Rest der Woche frei zu nehmen. Im Moment war es ohnehin ruhig, so stellte das kein Problem dar.

Ich setzte mir Kaffee auf und stellte mich auf eine lange Nacht ein. Ich wollte so viele Informationen wie nur möglich zusammentragen und mich morgen auf die Suche nach dieser Schule und dem Verein machen. Bestimmt gab es dort noch Personen, die sich an irgend etwas erinnern konnten. Im Moment brauchte ich allerdings eine kleine Pause. Ich war erschöpft und der Nacken tat mir schon weh. Um zu entspannen, saß ich mich ein wenig auf das Sofa und ehe ich mich versah, nickte ich ein.

Sofort sah ich ihn im Traum wieder und obwohl es nur ein leichter Schlaf war, in den ich viel, hatte ich das Gefühl, ich könnte seinen Atem spüren. Ein überwältigendes Gefühl von Wärme und Geborgenheit erfüllte mich und es war, als würde er zu mir sprechen.

„Hilf Mir!"

Konnte ich verstehen. Ruckartig schnellte ich hoch und war sofort hellwach. Ich wusste es! Er steckte hundert prozentig in der Klemme!

Sofort setzte ich mich wieder an den PC und suchte weiter.

Ich war wie besessen!

Wenn es auch nur eine kleine Chance war, so wollte ich um jeden Preis herausfinden, was damals geschah und warum diese Frau nun plötzlich tot ist! Denn, soviel stand fest, der Tod der Frau hängte irgendwie mit Erik zusammen und mein Instinkt sagte mir, dass auch die anderen Personen auf dem Foto, das ich gefunden hatte, damit im Zusammenhang standen oder in jedem Fall wenigstens was darüber wissen konnten.

Gut, ich hatte also das Foto, den Verein und die Schule. Jetzt konnte ich mich auf die Suche nach Zeitungsartikeln machen. Wonach konnte ich fragen? Vielleicht, wenn ich einfach den Namen des Vereines eingeben würde?

…..Na, ich versuche es einfach……...Treffer!

Allerdings sah das nach weiteren Stunden Recherche aus. Es erschienen nämlich gefühlte hundert Artikel in diesem Zusammenhang.

O.K., wo fange ich an? Mal sehen, ich versuche es einfach nach Jahren zu ordnen.

Stopp …. ab wann war es denn erlaubt, eine Armbrust zu besitzen? Bevor ich hier weiter machte, sollte ich mich vielleicht über die Gesetze diesbezüglich schlau machen! Ich fand schnell heraus, dass der Besitz einer Armbrust erst ab 18 Jahren möglich war. Damit schießen durfte man wohl schon ab 14 Jahren, allerdings nur in Vereinen, bzw. unter Aufsicht von Erwachsenen. Somit stand schon mal fest, dass alle fünf auf dem Foto mit Erik selber keine Armbrust besitzen konnten aber wohl damit in der Lage waren, zu schießen.

Ich konnte die Bilder also nach Jahren sortieren und erst einmal nach Meisterschaften suchen. Mist, da war nichts zu finden! Es gab zwar Bilder von Meisterschaften und auf dem ein oder anderen war auch mal eine oder sogar alle, der mir bekannten Personen zu sehen aber verdächtig war da nichts. Das einzige, was ich noch feststellen konnte, war, dass die fünf wohl schon seit ihrem 14ten Lebensjahr in dem Verein waren. Stand also fest, dass sie sich auch mindestens seit dieser Zeit kennen mussten und wohl wahrscheinlich auch schon seit der Grundschulzeit.

So,…. Wenn da nichts zu finden war, ….. wonach konnte ich noch suchen? `Ich gebe einfach mal nur „Armbrust" ein, mal sehen, was dann passiert`, dachte ich mir.

Da erschien ein Artikel, der mir
abermals den Hals zuschnürte!

Was ich da las, war kaum zu glauben! Ich war so schockiert, dass ich erst einmal gar nicht in der Lage war, weiter zu lesen!
Nur das Bild und die Überschrift ließen mir schon das Blut in den Adern gefrieren.

Völlig starr saß ich da ......es müssen Minuten vergangen sein, bis ich mich fassen konnte!

Was, um Himmels willen war damals passiert!!

Ich traute mich gar nicht weiter zu lesen. .....`Komm, mach kurz Pause, geh ans Fenster und schnappe etwas frische Luft!`....... Ich musste mir in dem Moment selber Mut zusprechen, um klar zu kommen und mich irgendwie wieder in den Griff zu bekommen.
Ich ging also, öffnete das Fenster und atmete tief durch. Danach holte ich mir ein Glas Rotwein und setzte mich wieder.
`Los jetzt! Lies weiter!` Befahl ich mir selbst. `Du musst weiter lesen!`
Wie von fremder Hand gesteuert scrollte ich nach unten und fing an zu lesen:

17 Jährige Schwangere mit Armbrust getötet!

So lautete die Überschrift! Ich las weiter und erfuhr aus dem Artikel, dass das nette hübsche Mädchen, das Erik auf dem Foto im Arm hatte, mit einer Armbrust ermordet worden war.
Tatmotiv und Tathergang wären wohl zu dem

Zeitpunkt noch nicht bekannt gewesen.

Allerdings ….. und jetzt kam´s!
Der Täter sollte Erik gewesen sein und wäre
wohl auch schon festgenommen worden!!

Ich hatte das Gefühl, ich müsste alles kurz und klein schlagen in dem Moment! Ich rang nach Luft, dachte, ich würde ersticken! Das konnte nicht sein! Ich war nicht bereit, das zu glauben!! Ich sprang auf, lief wie eine wahnsinnig gewordene im Zimmer auf und ab, versuchte mich irgendwie wieder in den Griff zu bekommen aber es dauerte fast eine halbe Stunde bis ich mich endlich gefasst hatte!

Ich schenkte mir Rotwein nach und setzte mich wieder an den PC.

`Reiß dich jetzt zusammen!´ Versuchte ich mich selbst zu disziplinieren.

`Du musst weiter machen. Du musst alles genau wissen, sonst wirst du niemals mit dieser Sache abschließen können!` Ich redete mir selbst Mut zu und langsam konnte ich wieder ein gewisses Maß an Beherrschung und somit auch die nötige Sachlichkeit zurück gewinnen, um weiter zu suchen.

Ich fand noch mehr Artikel und erfuhr, dass die Beweislage gegen Erik damals ausreichte, um ihn zu verurteilen.

12 Jahre für „Zweifachen Totschlag im Affekt," lautete wohl das Urteil, nach Jugendstrafrecht

gesprochen. Das war auf keinen Fall möglich. Dieser Mann, den ich getroffen hatte, würde so etwas niemals tun. Dessen war ich mir sicher. Aber vielleicht war das ja früher anders?!! Diese Möglichkeit musste ich trotzdem in Betracht ziehen ob mir das nun gefiel oder nicht! Ich druckte mir die Artikel aus, um das Wichtigste später zu notieren. Ich suchte weiter, um noch mehr über das damalige Geschehen zu erfahren aber es gab nicht wirklich brauchbare Hinweise für mich. Es stand überall ziemlich das Gleiche. Laut der Zeitungen stand fest, dass Erik damals der Mörder war.

Er sollte das Mädchen, deren Name Ammelie war, aus Eifersucht eiskalt mit der Armbrust aus dem Verein getötet haben. Es waren wohl zwei Schüsse. Einer in die Brust und einer in den Bauch.

Mein Gott, wie grausam ist das!

Egal, was dort geschrieben stand,

diese Tat hat niemals Erik begangen!!

Ich war mir absolut sicher, dass ich nicht aufhören würde zu suchen, bis ich herausgefunden hatte, was damals wirklich geschah!!

Auffallend war, dass bei den Ermittlungen damals auch alle befragt wurden, die auf dem Bild, das ich gefunden hatte, abgebildet waren.

Leider standen in den Zeitungen nur die Vornamen, keine Nachnamen. Ich machte mich also nochmal über die Jahresfotos der Schule her und es dauerte nicht lange, bis ich die Namen hatte:

Erik´s Nachname lautete Baukers und seine Freundin hieß Ammelie Frannek. Die tote Frau von heute oder besser gestern, denn es war bereits zwei Uhr nachts, hieß Ronja Rubenda und die beiden Männer mit ihr auf dem Bild David Sönke und Kevin Bergens.

Ich schrieb mir noch den Namen des damaligen Lehrers, Herr Augustus Jordan auf. Wer weiß, vielleicht gab es ihn ja noch an der Schule. Auch den Namen des Vorstandes aus dem Verein notierte ich mir.

`So, ….jetzt hast du alles, was du brauchst und morgen machst du dich auf den Weg und gibst nicht auf, bis du herausgefunden hast, was da passiert ist!`

So versuchte ich mich selbst zu motivieren, allerdings gelang mir das nur noch zum Teil, denn ich war hundemüde und erschöpft. Wenn ich also am nächsten Tag fit sein wollte, musste ich schleunigst ins Bett.

Gesagt, getan. Ich ging ins Schlafzimmer und schnell viel ich in den Schlaf. Einen furchtbar unruhigen Schlaf, der mich schnell ins Reich der Träume befördern sollte!…...

Gefangen im Bann der Liebe

Sofort war er wieder bei mir. Es war, als würde er mir über mein Haar streichen. Seine wunderschönen blauen Augen blickten mich an und gaben mir das Gefühl, ich würde im Meer versinken. Ich fühlte aber nicht diese wahnsinnige Erregtheit, wie ich sie bisher gespürt hatte, sondern eine Wärme, wie ich sie vorher noch nie kennen gelernt hatte. Dieser Mensch war mir so vertraut als würden wir uns seit Ewigkeiten kennen. Es war ein Traum und doch spürte ich ihn so nah, wie ich das noch bei keinem Menschen, der mir bis dahin in meinem Leben begegnet war, vermochte. Er küsste mich ganz sanft auf die Stirn, seine Hände glitten langsam und zärtlich über meine Wangen, hinab zu meinem Hals, den er dann so unendlich liebevoll liebkoste. Mein Herz pochte doch war es nicht Begierde, die ich verspürte in diesem Augenblick, sondern große Vertrautheit und auch Geborgenheit. Ich wollte für immer in seinen Armen liegen und am liebsten nie wieder aufwachen! In meinem ganzen Leben habe ich mich noch nicht so wohl gefühlt, wie in diesem Moment.

Und wieder war mir klar:
Dieser Mann war niemals ein Mörder!

Es muss wohl so gegen sechs Uhr früh gewesen sein, als ich aus meinem unruhigen Schlaf hochschreckte. Wieder war es, als hätte Erik zu mir gesprochen!

„ Bitte hilf wir!"

waren seine Worte, wie im ersten Traum aber er sprach noch weiter.

„Ich habe Ammelie und Ronja nicht getötet,
glaube mir!"

Er war so nahe in dem Traum!
Es musste die Wahrheit sein!
Es war so verrückt!
Ich musste verrückt sein!
Diese ganze Sache war verrückt!
`WAS tust du nur, du bringst dich in die größte Gefahr!´

Was ist, wenn der Mörder, wer immer das war, auch mich umbringen würde? Tausend Gedanken schossen mir durch den Kopf. Ich holte tief Luft, um klar zu werden.

Erst mal ins Bad und dann einen starken Kaffee. Dann sehen wir weiter.

Unter der Dusche wanderten meine Gedanken automatisch wieder zu Erik. Das war echt der Wahnsinn, ich konnte mich einfach nicht im

Griff haben! Das Wasser prickelte auf meiner Haut und in meinem Körper machte sich, trotz der schlimmen Situation , in der ich gerade steckte, wieder dieses unendliche Verlangen nach ihm breit. Der Gedanke an seine Berührungen bereitete mir Gänsehaut und ich verspürte den Drang, mich zu befriedigen. Nur für einen Moment wollte ich mich den Gedanken an diesen Mann hingeben und obwohl er nicht hier sein konnte, war er mir wieder so nahe, dass ich glaubte ihn zu spüren. Es war auch hier, wie ich es schon im Traum empfinden konnte. Es kam mir vor als würden seine Hände über meinen Körper gleiten und zärtlich meinen Schoß berühren. Völlig versunken in diese Vorstellung geriet mein Blut in Wallung. Ein Beben breitete sich in mir aus, das mir die Sinne raubte. Wie im Traum hatte ich sein Gesicht vor mir und blickte im Moment meiner absoluten Ekstase tief in seine Augen.

Es war nicht zu glauben, wie dieser Mann von mir Besitz ergreifen konnte, ohne anwesend zu sein!

Um klar im Kopf zu werden stellte ich das Wasser kalt. `So jetzt Schluss damit! Reiß dich zusammen! Du musst einen klaren Kopf bewahren!` Versuchte ich mich zurück auf den Boden zu holen. Die kalte Dusche und der

Kaffee ließen mich etwas zur Besinnung kommen.

Ich hatte mich gesammelt und noch mehr als vorher war für mich klar, ich würde weiter suchen. Ich würde den Mörder suchen! Ich sortierte mich also und machte mir eine Art Plan, wie ich am klügsten vorgehen konnte. Denn Eines stand fest, ich musste sehr vorsichtig sein! Es war aber auch klar, dass ich nicht zur Polizei gehen konnte. Es gab nur die Möglichkeit, mich alleine auf die Suche zu machen. Auch Erik wollte ich nicht kontaktieren, weil ich Angst hatte, die Polizei oder auch den Mörder zu ihm zu führen. Erst, wenn ich genügend herausgefunden hatte, würde ich ihn anrufen. Es bestand ja auch immer noch die Möglichkeit, dass er tatsächlich ein gefährlicher Verbrecher war.

Selbst wenn ich das nicht für möglich hielt, musste ich das in Erwägung ziehen und vorsichtig sein, solange ich nicht wusste, was hier passiert war. `Nun, .......wo fängst du an?` Fragte ich mich. `Du musst clever vorgehen, sonst machst du den Mörder zu früh auf dich aufmerksam! Wenn du zu viele unangenehme Fragen stellst, werden die dich auch umbringen!` Mann! Der Gedanke daran, getötet zu werden, wenn ich nicht aufpasste, machte mir so eine Angst!

Mir war aber auch klar, dass ich ohne diesen Menschen nicht mehr leben wollte, auch wenn ich Ihn eigentlich
nicht wirklich kannte. Also hatte ich keine Wahl!

Wenn ich für diesen Mann sterben sollte, dann würde ich das tun!

Mariana Rosso

Gott, wie patriotisch das klang!
Gut, ... am Besten war es wohl, in der Schule anzufangen. Die Lehrer dürften vermutlich den größten Abstand zu der Sache haben oder besser, es war am unwahrscheinlichsten, dass jemand vom Lehrpersonal verdächtig war. Somit war die Wahrscheinlichkeit, nicht mit dem Mörder in Kontakt zu geraten, hier am geringsten. Mal sehen, was ich dort erfahren konnte. Anschließend würde ich mich dann im Verein durchfragen und herausfinden ob einer der beiden Männer immer noch Mitglied war

und was über die fünf Personen auf dem Bild so gesprochen wurde.

Konnte ich bis dahin nichts in Erfahrung bringen, waren da immer noch die Familien dieser Leute. Die Adressen waren mir ja bereits bekannt. So, Frühstück beendet, ich machte mich also auf den Weg. Mein Herz klopfte bis zum Hals, als mir bewusst wurde, dass es nun kein Zurück mehr gab. Aber ich war stark und würde das in jedem Fall schaffen!

In der Schule angekommen, machte ich mich zuerst auf die Suche nach dem Sekretariat. Eine ältere Frau saß dort über Unterlagen gebeugt. „Entschuldigen Sie bitte. Ich hätte ein paar Fragen," sagte ich leise und etwas zaghaft, weil ich nicht wirklich wusste, wie ich anfangen sollte. „Wie kann ich Ihnen weiterhelfen," fragte die Dame freundlich und musterte mich ausgiebig, da sie mich ja nicht kannte. Ich zog das Bild aus der Tasche und fragte: „Könnten sie mir vielleicht sagen ob Sie die Personen auf diesem Bild kennen?"

Ich hatte das Bild vergrößert, die Namen der fünf Leute darunter geschrieben und mit Pfeilen zugeordnet. So konnte sie die zugehörigen Namen auch gleich sehen. „Wieso wollen sie das wissen?" Fragte die Frau und stand auf, um mich noch genauer zu inspizieren. „Ich kenne die fünf von früher und würde gerne erfahren, was aus Ihnen geworden ist. Wissen Sie, ich bin damals mit meinen Eltern ausgewandert und hatte den Kontakt verloren. Na ja und jetzt bin ich zurück und würde gerne versuchen, wieder Kontakt aufzunehmen." Die Frau ließ ihren Blick nicht von mir ab, während ich versuchte, mich zu erklären.

Nach einer kleinen Pause sagte sie: „Bitte setzen sie sich. Sie haben damals also nichts von den ganzen schrecklichen Dingen mitbekommen?" Die Frau schaute mir tief in die Augen, als würde sie mich testen wollen. Tausend Gedanken schossen mir in dem Moment durch den Kopf.

Wie sollte ich jetzt reagieren? War es besser, ihr zu sagen, dass ich davon weiß oder verschwieg ich meine Kenntnisse erst einmal.

Ich musste schnell reagieren, also verschwieg ich, was ich bereits wusste. Sie fing an, zu erzählen und ich merkte, wie diese Geschichte ihr wohl immer noch zu schaffen machte. „Ich habe sie alle fünf gekannt. Ich war damals bereits acht Jahre an der Schule tätig und da prägen sich die Schüler natürlich ins Gedächtnis mit der Zeit. Die fünf waren unzertrennlich. Man sah sie in den Pausen und auch in jeder sonstigen freien Minute zusammen. Wir nannten sie oft auch die fünf

Freunde. Als Sie älter wurden, kam natürlich die Liebe mit ins Spiel und es bildeten sich zwei Pärchen. Ab diesem Zeitpunkt konnte man allerdings beobachten, dass sich die Gruppe immer öfter teilte. Was genau in der Gruppe vorging war natürlich nicht zu erahnen.

Bis zu dem Tag, an dem dieses furchtbare Verbrechen geschah." Die Frau senkte den Kopf und ich bemerkte,

wie ein leichtes Zittern durch ihren Körper fuhr. Sie stand auf und holte ein Stück zusammengefaltetes Papier aus einer Schublade. Ich erkannte, dass es ein Stück Zeitung war und konnte erahnen, dass es wohl der Artikel sein würde, den ich bereits kannte.

Jetzt musste ich richtig reagieren, um mich nicht zu verraten! `Mach jetzt keinen Scheiß Mona! Pass auf, was du sagst!` So sprach ich mir selber wieder mal Mut zu. Sie gab mir das Stück Papier und ich hatte recht mit meiner Vermutung. Ich las ihn also und erstaunlicherweise fiel es mir gar nicht so schwer, das nötige Maß an Betroffenheit zu zeigen. Ich sah sie nur an und sagte: „ Oh mein Gott, das darf doch nicht wahr sein! Ich kann nicht glauben was da steht! Vor allem kann ich nicht glauben, dass Erik zu so etwas fähig sein könnte! Hätten Sie ihm das denn zugetraut? Ich meine, sie kannten ihn doch auch? Das eigene Kind?!"

Die Frau hatte ihren Kopf gesenkt und die Hände krampfhaft in ihrem Schoß verschränkt. Man konnte richtig sehen, wie sich ihre Finger an den Druckstellen weiß verfärbten. Irgend etwas sagte mir, dass diese Frau mehr mit diesem Geschehen zu tun hatte. Sicherlich war das damals eine schreckliche Sache und dürfte jeden richtig schockiert haben aber diese Reaktion deutete darauf hin, dass sie Erik oder Ammelie näher gekannt haben musste.

„Ammelie war meine Nichte." Die Frau blickte hoch und ich sah, wie ihr die Tränen über das Gesicht liefen. Sie war kreidebleich und ich hatte Angst, sie würde nicht mehr mit mir sprechen wollen. Ich versuchte also, sie zu beruhigen, indem ich ihre Hände in meine schloss und kniete mich vor ihr auf den Boden, um ihr näher zu sein.

„Das tut mir so unendlich leid. Wenn sie möchten, dass ich gehe, kann ich das verstehen aber bitte, ich würde so gerne erfahren, was damals wirklich passiert ist." Es dauerte ein wenig, bis die Frau sich beruhigt hatte, dann sagte sie:

„Ich habe seit damals mit niemandem mehr darüber gesprochen. Sie müssen wissen, es war die Tochter meiner Schwester und ich war auch die Patin der Kleinen aber ich hatte damals einen riesigen Streit mit meiner Schwester, weil ich Ammelie dabei half, die Beziehung zu Erik geheim zu halten. Ich mochte den Jungen sehr. Er kam aus armen Verhältnissen und Ammelie….., na ja, …. also meine Familie, war immer schon wohlhabend und im oberen Segment der Mittelklasse angesiedelt. So war klar, dass Erik niemals gut genug für sie oder besser, meine Schwester, sein würde.

Als es also soweit war, dass die Beziehung von Ammelie und Erik bekannt wurde, hat meine Schwester das ohne zu hinterfragen sofort unterbunden und ihr verboten diese Beziehung aufrecht zu erhalten. Meine Schwester drohte damals sogar, sie in eine Schule im Ausland unterzubringen. Sie müssen wissen, für sie war Karriere, Geld und Ansehen das wichtigste im Leben. So ist das auch heute noch! Das Mädchen suchte immer Halt und Zuflucht bei mir, wenn sie ihre Eltern wieder mal nicht ertragen konnte.

Sie war sehr oft alleine und fühlte sich nicht verstanden von den beiden. Ich unterstützte sie also dabei, Erik zu treffen. Ich habe einen großen Garten, in dem eine nette kleine Laube stand, dort trafen sich die beiden immer heimlich. Ich hab das kleine Häuschen mit Ammelie nett eingerichtet und so konnten die zwei dort ihr heimliches Glück ausleben.

Sie waren ein wundervolles Paar!" Plötzlich riss uns die Schulglocke aus unserem Gespräch. „Oh, schon so spät," sagte die Frau. „Ich habe Feierabend. Möchten Sie vielleicht mit zu mir nach hause kommen auf eine Tasse Kaffee?" Ich war sehr überrascht, dass das so schnell und ohne zu überlegen von ihr kam. Ich denke, es tat ihr tatsächlich gut, endlich über das Geschehene zu sprechen. „Sehr gerne," antwortete ich. „Wie ich schon sagte, würde ich so gerne erfahren, was damals passiert ist. Ich bin immer noch fassungslos darüber, dass Erik ein Mörder sein soll!"

Die Frau schaute mich an und sagte aus tiefstem Herzen: „ Auch ich habe nicht daran geglaubt und tue es heute noch nicht! Sind sie mit dem Auto? Dann fahre ich mit ihnen, ich bin zu Fuß, weil ich nur zwei Straßen weiter wohne." Ich hakte mich bei ihr ein, auch um sie etwas zu stützen, weil ich das Gefühl hatte, sie würde ein bisschen wackelig auf den Beinen sein.

Wir waren wirklich in drei Minuten bei ihr zuhause. Es war ein auffallend schönes Haus, mit einem traumhaft eingewachsenen Garten. Am Türschild stand der Name Rosso. So hieß wohl ihr Mann. In der Küche angekommen, bot sie mir einen Platz an ihrem großen Tisch an, der einen wunderbaren Blick in ihren Garten und auch auf diese kleine Laube, von der sie mir erzählt hatte, ermöglichte. Ich stellte mir die beiden vor, wie sie sich dort liebten und es stieg sofort ein Gefühl von Unbehaglichkeit und auch Eifersucht in mir auf.

„Ich heiße Mariana," sagte sie, während sie dabei war, Kaffee zu kochen.

„Ich heiße Mona. Kann ich irgend etwas helfen?" Fragte ich. Doch sie verneinte und fing statt dessen an, wieder zu erzählen. Es war, als würde sie sich alles von der Seele reden wollen. Für mich war das natürlich gut. Ich fand es aber auch schön, dass sie zu mir so ein riesiges Vertrauen hatte und mir war jetzt schon klar, dass ich bestimmt noch mehr Kontakt zu ihr haben werde, egal was passieren sollte. Ich war mir nur nicht sicher ob ich ihr schon von der Begegnung mit Erik erzählen sollte.

Einerseits konnte das ein großes Risiko werden. Ich wusste ja noch nicht, wie sie heute wirklich zu Erik steht. Andererseits konnte es passieren, dass sie mir nicht verzeihen würde, wenn ich ihr nicht die Wahrheit sagte. Es war schwierig, die richtige Entscheidung zu treffen.

Ich beschloss, noch zu warten bis ich wusste, was sie heute über Erik dachte und vor allem wusste! Trotzdem, das war mir jetzt schon klar, würde ich wieder kommen und ihr erzählen, was ich herausgefunden hatte.

`Wenn ich das Ganze überlebe!` Schoß es mir durch den Kopf. Schnell verdrängte ich den Gedanken und konzentrierte mich auf das Gespräch mit Mariana.

„Erik war so ein sensibler junger Mann," erzählte Mariana weiter. „Er war hilfsbereit und einfühlsam, hat seine Hilfe angeboten, wo und wann immer es nötig war. Man konnte sich zu hundert Prozent auf ihn verlassen. Ammelie war wunderschön und liebevoll aber auch ein kleiner Hitzkopf. Das gerade machte sie aber auch so interessant und liebenswert. Es gab keinen Jungen, der nicht hinter Ammelie her war. Eine Zeit lang war sie mit David, der auch auf dem Bild ist zusammen. Er stammte aus einer reichen Familie und war natürlich perfekt in den Augen meiner Schwester. Für sie war ja, wie gesagt, nur Geld und Ansehen wichtig. Liebe war da zweitrangig, genau wie der Charakter. Ich mochte Erik nicht, er war ein arroganter Snob und ich hatte in dieser Zeit auch nur wenig Kontakt zu Ammelie. Na ja, bis dann halt eines Tages auch Ammelie ihre wirklich große Liebe in Erik entdecken sollte.

Alles ging innerhalb weniger Tage. Ich weiß natürlich nicht, was genau ablief, ich war nicht dabei. Mittendrin stand Ammelie mit Erik vor der Tür, verheult und beide waren total

50

verstört. Nachdem ich sie hereingebeten hatte, fing sie auch schon an, lebhaft zu erzählen. Es stellte sich heraus, dass sie Erik auf einer Party begegnet war und näher kam. Bei beiden reichte ein einziger Kuß, um zu wissen, sie würden zusammen gehören. Ammelie hat schon am nächsten Tag mit David Schluss gemacht und ihre Eltern informiert. Sie sagte ganz klar, sie wäre Erik näher gekommen und es wäre sofort klar gewesen, dass er ihre große Liebe sei.

Das Problem war nur, dass Ammelie bis zu diesem Zeitpunkt sehr egoistisch war, was ihre Beziehungen anging. So hatte sie mit David eine Beziehung angefangen, obwohl dieser noch mit Ronja liiert war. David ließ also Ronja sitzen, wegen Ammelie. Ronja ist das andere Mädchen auf dem Bild, wie sie wissen.

Nun weiß ich nicht ob man in dem Alter wirklich schon von der großen Liebe sprechen kann aber ich hatte sie ja in der darauffolgenden Zeit beobachten können und muss sagen, dass ich diese Verbundenheit, die ich bei den beiden sehen konnte, auch bei meinem Mann spürte, als ich ihn kennenlernte. Es war so schön zu sehen, wie liebevoll sie miteinander umgingen und das weckte automatisch die Erinnerungen an meinen Mann. Er ist vor dreizehn Jahren bei einem tragischen Autounfall gestorben, müssen sie wissen. Das ist

wohl auch einer der Gründe, warum ich den beiden helfen wollte, denke ich.

Auch meine Einsamkeit dürfte eine große Rolle gespielt haben. Ich stamme zwar ebenfalls aus dieser Familie aber ich war immer schon ganz anders und tanzte in den Augen meiner Eltern und meiner Schwester in jeder Hinsicht aus der Reihe."

Ich konnte sehr gut verstehen, was Mariana über die beiden erzählte, denn mir ging es ja mit Erik jetzt nicht anders. Allein der Gedanke an ihn brachte mich bis zur Ekstase, löste ein Beben in meinem ganzen Körper aus, wie ich immer wieder spüren konnte. Ich wusste also, dass es diesen Moment, diese Magie, diese Liebe auf den ersten Blick gibt. Warum würde ich wohl sonst hier sitzen und auf eigene Faust in einem Mordfall ermitteln!

Wie sich das nur anhörte, …. in einem Mordfall ermitteln ….. !

Was geschah mit Ammelie

Aber es war nun mal die Wahrheit und die Tatsache, dass ich mein Leben riskierte, um diesem Mann zu helfen, sprach Bände!!!

Sofort überkam mich wieder ein Gefühl von Angst und Unbehagen bei dem Gedanken an die große Gefahr, in die ich mich unter Umständen begab. Egal, ….. ich würde in jedem Fall weiter machen! Also, ….. ich musste weiter zuhören und herausfinden, was genau Mariana von diesem schrecklichen Ereignis wusste.

„Der enge Kontakt zwischen uns führte natürlich auch dazu, dass Ammelie und Erik ein sehr großes Vertrauen in mich entwickelten und so erfuhr ich viele Dinge, die so junge Leute sonst niemals erzählen würden," fuhr Mariana fort. „Sie müssen wissen, dass zur damaligen Zeit ja noch ganz andere Sitten herrschten, so war es in der Regel nicht zu erkennen, was wirklich in so jungen Menschen vorging oder was sie tatsächlich fühlten.

Im Nachhinein weiß ich nicht ob das für mich ein Vor- oder Nachteil war. Wenn ich nicht so viel gewusst hätte, wäre das damals vielleicht nicht so schlimm für mich gewesen! Aber zurück zu dem Tag an dem ich diese wahnsinnige Nachricht erfuhr:

Ich war bereits zuhause, es war wohl so gegen vier Uhr nachmittags. Ich hatte mir gerade Kaffee gemacht und wollte mich auf die Terrasse setzen, als das Telefon klingelte. Im ersten Moment wusste ich gleich gar nicht, wer da am anderen Ende war! Ich nahm nur wahr, dass jemand voller Hass und Wut ins Telefon schrie.

Ich brauchte ein paar Sekunden, um zu realisieren, dass meine Schwester das war! Sie war völlig hysterisch und ich versuchte, sie irgendwie zu beruhigen! Keine Ahnung, im Nachhinein, wie mir das gelang aber erst dann konnte ich verstehen, was sie da tatsächlich schrie und mir an den Kopf warf:

„Ammelie!!!!

Ich habe dich immer und immer wieder gewarnt!!!

Wie konntest Du es wagen,
ihr zu helfen!!!

Sie ist tot!!!

Und Du bist schuld daran!!!

Hörst Du!!!

Du verlogenes Biest!!!

Es ist Deine Schuld, du Mörderin!!!"

Mariana war total verstört bei der Schilderung dieser damaligen Situation, Tränen strömten ihr übers Gesicht und sie presste ihre Hände nervös ineinander. Ihr ganzer Körper zitterte. Ich überlegte ob ich sie unterbrechen sollte, um sie zu beruhigen aber da sprach sie auch schon weiter.

„Ich war völlig außer mir und konnte im ersten Moment nicht verstehen, weshalb sie mir diese Vorwürfe machte! Ich wusste überhaupt nichts! Was zum Teufel war nur passiert!

Aber bis ich überhaupt reagieren konnte, hatte meine Schwester auch schon den Hörer aufgelegt! Ich sank einfach nur in meinen Sessel und weiß nicht, wie lange ich da saß und versuchte irgendwie zu verstehen, was da passiert war!

Was war mit Ammelie…….. wieso sollte sie tot sein, ich hatte sie doch vormittags noch in der Schule gesehen und wir hatten verabredet, heute Abend zusammen zu kochen??!!

Ich verstand die Welt nicht mehr! Ich konnte nicht klar denken, hatte keine Ahnung, was ich jetzt tun sollte! Diese Ungewissheit war nicht zu ertragen. Während ich so in diesen höllischen Gedanken gefangen war, schellte es aber dann schon an der Haustür. Ich ging zur Tür, meine Knie zitterten von dem Schock und dieser gottverdammten Ungewissheit, die mich in diesem Moment plagte!! Ich öffnete sie und im selben Augenblick verfiel ich in eine regelrechte Schockstarre, die ich nicht beschreiben kann. Mein ganzer Körper wurde Steif und eine Eiseskälte durchzog ihn als ich sah, wer dort stand!!

Völlig bewegungsunfähig starrte ich in die Augen zweier Polizisten und sofort wusste ich, Santana, meine Schwester, hatte die Wahrheit gesagt!!

Der Anblick der beiden Polizisten ließ mich zusammensacken, wie ein Haus, das in sich zerfiel. Einer der Polizisten griff nach mir und stützte mich. Der andere kam ihm zur Hilfe. Die beiden brachten mich nach drinnen und setzten mich auf einen Stuhl. Sie gaben mir Wasser zu trinken. Der ältere der beiden fragte mich: „ geht's denn wieder?"

Völlig leer und ohne Bewegung in meinen Augen, starrte ich durch den Mann hindurch und antwortete wie ein Roboter:

„ Ja, ich glaube schon….. ich…. was…. meine Schwester……. am Telefon…… Ammelie…..!!!"
Ich war nicht in der Lage, einen vernünftigen Satz herauszubringen. Alles war, wie Nebelschwaden um mich herum. Einer der Polizisten fing an, zu sprechen. Er sprach sehr ruhig und langsam, um sicher zu gehen, dass ich verstand, was er zu sagen hatte. „Frau Rosso, ihren Worten nach zu schließen, hat ihre

Schwester sie bereits angerufen. Es ist etwas Schreckliches mit ihrer Nichte passiert!"

Sofort stockte mir der Atem und ich fing an nach Luft zu schnappen, es war als würde man mir die Kehle zuschnüren!

„Bitte, versuchen sie sich zu beruhigen, Frau Rosso! Ich weiß, es ist die Hölle, was wir ihnen gerade zu sagen haben! Bitte, sollen wir einen Arzt rufen?"

„Nein,… bitte,….. ich…… Bad…….
Apothekerschrank…….. Beruhigung!"
Stammelte ich.

Einer der Beiden brachte mir was zur Beruhigung aus dem Bad. Ich wusste, dass das, was nun kommen sollte, unerträglich für mich sein würde. Ich versuchte, mich etwas zu beruhigen, denn, es war klar, dass ich, ob ich wollte oder nicht, erfahren **musste** was passiert war.

„ Es geht schon, danke. Bitte sagen sie mir nun, was geschehen ist."

Starr vor Angst, schaute ich dem Polizisten in die Augen. Er begann noch einmal, und ich bemerkte, wie verzweifelt er nach den richtigen Worten suchte, was mir nur noch mehr Angst einjagte.

„Frau Rosso, Ihre Nichte Ammelie wurde heute gegen 14.00 Uhr tot aufgefunden. Es tut mir so leid aber wir müssen ihnen mitteilen, dass Ihre

Nichte ermordet wurde." Wir fanden Sie mit zwei Pfeilen einer Armbrust im Leib."

Es war, als würde all mein Blut aus meinem Körper weichen. Mir war kalt, ich konnte mich immer noch nicht bewegen, war nicht einmal in der Lage zu weinen. Nichts, wirklich nichts regte sich in diesen Minuten - oder waren es auch nur Sekunden, ich weiß es nicht -, in mir.

„Frau Rosso!! Hören sie mich!" Der Polizist nahm mich an den Schultern und schüttelte mich.

„Sie müssen atmen!!"

Als wenn mich jemand aus dem Jenseits zurückholen würde, ging ein Ruck durch meinen Körper und ich holte tief Luft. Ich hatte das Gefühl, man hätte versucht mir die Kehle zuzuschnüren und wäre gerade überhaupt nicht in dieser, unserer Welt, sondern würde dem Tod ins Auge sehen! Komischerweise hatte dieser Moment mich aber wachgerüttelt und mich irgendwie gestärkt. Es war nämlich als hätte Ammelie zu mir gesprochen und gesagt: „Liebstes Tantchen, Du bist stark und egal, was kommt, glaube nicht daran, dass Erik ein schlechter Mensch ist. Er würde mir niemals etwas tun! Ich werde immer bei dir sein!" Mehr konnte sie mir nicht sagen, weil mich das rütteln des Polizisten zurückholte. So empfand ich das zumindest.

58

„Mein Gott! Das war so reell! Ich hatte zu dem Zeitpunkt keine Ahnung mehr, was tatsächlich geschah. Ich war wie in Trance, irgendwie hatte ich das Gefühl, ich würde mich zwischen zwei Welten hin und herbewegen!"

Mariana machte eine kleine Pause, unterbrach ihre Erzählungen, um sich ein wenig zu sammeln.   Ich konnte spüren, wie sehr sie das heute noch erschütterte und wie von selbst wurde mir genau da klar, dass das nun der richtige Zeitpunkt war, ihr die Wahrheit zu sagen. Ich spürte das einfach.

„Ich kenne dieses Gefühl, das du gerade beschreibst, Mariana. Ich kenne es seit vorgestern," begann ich langsam zu sprechen. Ich wollte sie nicht überfordern. Ich konnte ja spüren, wie sehr sie litt."

Mariana schaute mich völlig entgeistert an, suchte sichtlich nach Worten, konnte aber allem Anschein nach keine finden. So lag nur ihr fragender, absolut hilfloser, nach Antworten suchender Blick auf mir. Langsam und mit ausgewählten Worten, um sie nicht noch mehr aus der Fassung zu bringen, fuhr ich fort.

„Mariana….. ich…… also ich habe dir nicht die ganze Wahrheit gesagt! Bitte, beruhige dich! Es ist nichts Schlimmes! Aber ich bin nicht die, für die ich mich ausgegeben habe. Ich kenne nur Erik und auch erst seit vorgestern! Er ist mir in der U-Bahn begegnet und ich kann nicht erklären, was da mit mir geschah. Ich denke es war wohl Liebe auf den ersten Blick. All das, was du vorher beschrieben hast, was du zwischen Erik und Ammelie gespürt hast, habe ich in der U-Bahn gespürt, als ich Erik in die Augen blickte! Ich war wie hypnotisiert von dem Moment an als ich ihn sah! Da war so eine Energie in diesem Augenblick, wie ich es vorher noch nicht kannte. Auch Erik hat wohl so empfunden. Es war so sehr zu spüren!

Dennoch geschah etwas, das ich mir nicht erklären konnte dort in dem Zug. Es stiegen zwei Polizisten ein und er sprang auf und floh aus dem Zug. Er schrieb mir noch hastig seine Telefonnummer auf die Hand und bat mich mit flehenden Augen, ihn anzurufen! Seitdem spricht er nachts zu mir und ich spüre ihn als wäre er bei mir, Mariana. Bitte sei mir nicht böse, dass ich nicht gleich die Wahrheit gesagt habe aber ich wusste nicht was mich erwarten würde.

Ich bin hier um herauszufinden, was da wirklich passiert ist und möchte Erik wiedersehen. Ich weiß, dass er kein Mörder ist, ich bin mir dessen sicher!

Ich bin hier bei dir, weil meine Recherchen mich zu dir geführt haben. Allerdings wusste ich ja nicht, wer du bist! Es ist sehr gefährlich, nach ihm zu suchen. Ich weiß nicht aber hast du mitbekommen, dass Ronja gestern ermordet wurde?"

Zwei tote Mädchen und keine Erklärung für Erik´s Unschuld

Mariana versuchte, zu verstehen, was ich ihr gerade gesagt hatte und ich sah, wie sehr sie damit beschäftigt war, die Dinge in ihrem Kopf zu ordnen. Entgeistert sah sie mich an und sagte. „Aber das ist nicht möglich! Erik sitzt im Gefängnis! Er hat damals 14 Jahre bekommen und bis zum heutigen Tag wurde ihm keine Chance auf Bewährung gewährt. Du irrst dich, das konnte nicht Erik sein! Gerade vor zwei Wochen wurde ihm ein weiterer Antrag auf Bewährung abgelehnt."

„Mariana, es gibt keinen Zweifel. Wie hätte ich ihn sonst auf dem Bild von damals erkennen können? Allerdings kann genau das seine

Flucht vor den Polizisten erklären! Es kann also nur eine Möglichkeit geben.

Erik ist getürmt!"

Das könnte auch diese Verzweiflung erklären, die ich in seinen Augen glaubte zu sehen, wenn ich mir das so überlegte.

„Aber wie ist es denn mit dir? Glaubst du an seine Unschuld, Mariana? Denn, wenn es so wäre, wenn er wirklich unschuldig wäre, könnte ich verstehen, dass er die Flucht ergriffen hat, noch dazu, wenn sein Antrag kürzlich erst wieder abgelehnt wurde. Wie furchtbar muss es sein, unschuldig für so viele Jahre im Gefängnis zu sitzen?"

Mariana beteuerte mir, ohne zu zögern, Eriks Unschuld.

„Erik hätte Ammelie niemals irgend etwas getan. Dessen bin ich mir absolut sicher und würde sofort meine Hand dafür ins Feuer legen! Erik hätte niemals irgend Jemandem etwas zu Leide getan!! Im Gegensatz zu Santana, meiner Schwester, kannte ich diesen Jungen und wusste, dass Ammelie keinen besseren Mann hätte finden können. Er war gutmütig, ehrlich, zielstrebig, bodenständig und hatte die vernünftigsten Prinzipien, die so ein junger Mensch nur haben konnte. Für mich war von Anfang an klar, dass diese zwei ihren Weg gehen und auch eine große Karriere vor sich haben würden. Erik war keiner dieser neureichen Snobs, die Pappi´s Geld verprassten und sich für wichtig hielten!

Ich habe meine Schwester nie verstanden, dass sie diese unendliche Oberflächlichkeit schätzte. Keine Ahnung, warum Sie so war. Unsere Eltern waren nicht arm aber Vater hat wirklich hart gearbeitet, um uns diesen Wohlstand zu ermöglichen.

Aber was willst du denn nun tun? Was hast du vor? Diese ganze Situation ist völlig verwirrend und ich weiß nicht wo mir der Kopf steht im Moment. Und überhaupt,…… wieso ist Ronja tot?…… Und woher weißt du das alles?…… Ich verstehe nicht?…… Willst du jetzt den Mörder suchen oder was? Das ist verrückt, Mona!!"

Mariana, ich hab keine Ahnung, ehrlich gesagt, was ich jetzt tun soll. Ich weiß nur, dass ich Erik irgendwie helfen muss und wenn du genauso der Meinung bist, dass er unschuldig ist, hoffe ich du kannst mir vielleicht weiter helfen, indem du dich genau an das erinnerst, was damals passiert ist. Allerdings müssen wir aufpassen, dich nicht auch noch in Gefahr zu bringen!"

„Das ist Wahnsinn , Mona. Wenn Ronja getötet wurde, hat das vielleicht mit damals zu tun und es könnte sein, dass der Mörder noch rumläuft! Wenn das der Fall ist, bist du in großer Gefahr!! Weißt du näheres über den Tod von Ronja?"

„Allerdings! Als ich aus der U-Bahn stieg, nachdem mir Erik begegnete und mich auf den Nachhauseweg machte, bemerkte ich bereits, dass mir jemand folgte, konnte aber nichts erkennen, in der Dunkelheit. Ich versteckte mich und als ich das Gefühl hatte, die Luft wäre rein, schlich ich mich ins Haus. Ich dachte, ich hätte mir das alles eingebildet aber am nächsten morgen wurde ich von einem heftigen Klingeln an der Tür geweckt und als ich öffnete, stand Ronja vor mir.

Natürlich wusste ich zu dem Zeitpunkt noch nicht, wer sie wirklich war. Sie warnte mich vor Erik und meinte, ich dürfte ihn auf keinen Fall wiedersehen, er wäre viel zu gefährlich. Noch ehe ich mich versah, war sie auch schon wieder durch die Tür verschwunden.

Ich konnte mir darauf natürlich überhaupt keinen Reim machen zu dem Zeitpunkt. Außerdem ärgerte ich mich, weil ich nicht versucht hatte, mehr aus ihr rauszubekommen. Dieser ganze Mist machte mich wahnsinnig. Ich habe weiter gesucht im Internet. Irgendwas musste da doch zu finden sein! Allerdings hat mich das, was ich dann fand erst recht aus der Bahn geschmissen! Ich dachte, ich bin im falschen Film! Ronja war tot aufgefunden worden. Sie war abgebildet, zwar mit verdecktem Gesicht aber ich erkannte sie sofort an der Kleidung und dem Schmuck an ihrer Hand. Ich bin ein guter Beobachter und mustere meine Umwelt und auch die Menschen sehr genau, wenn sie mir gegenüberstehen. Hat mir mein Vater beigebracht.

„Du musst immer ganz genau beobachten, was in der Welt geschieht, Sternchen und so viel es nur geht in deinem süßen Köpfchen speichern! Denn wer weiß ob du nicht irgendwann mal etwas davon gebrauchen kannst," hat er mir immer und immer wieder eingebläut. Die Erinnerungen an meinen Vater ließen mich kurz innehalten und Marina bemerkte das sehr schnell.

„Du wirkst plötzlich sehr traurig, was ist mit deinem Vater?"

„Meine Eltern sind bei einem tragischen Autounfall ums Leben gekommen als ich sechs war. Ich saß auf dem Rücksitz und hatte Glück. Wenn man das so nennen mag. Denn die Zeit, die danach für mich begann, hätte ich das ein oder andere Mal wohl dem Tod bei diesem Unfall vorgezogen.

Aber…… das steht jetzt nicht zur Debatte. Wir müssen weiter kommen, die Zeit rennt uns davon. Bei Alledem, was du mir bis jetzt erzählt hast, bin ich mir ziemlich sicher, dass die Polizei über kurz oder lang auch bei dir aufkreuzen wird! Bis dahin brauchen wir einen Plan, Mariana!!"

„Gut, du hast recht, ich muss weiterreden, mich zurück erinnern und zwar so gut ich nur kann. Ich denke jede Kleinigkeit könnte wichtig sein. Vor allem auch für dich, um das Ganze so gut es nur geht nachvollziehen zu können.

Trotzdem bin ich mir nicht sicher ob du das machen sollst, Mona. Das ganze hört sich gerade so phantastisch an, dass es mir richtig, richtig große Angst macht. Es hört sich wie im Krimi an aber du riskierst echt dein Leben!"

„Ich weiß, Mariana. Ich kann aber nicht anders. Ich habe Erik die letzten beiden Tage so gespürt obwohl er nicht da war. Ich kann einfach nicht anders. Ich liebe diesen Mann und deshalb werde ich auch herausfinden, was da Sache ist!"

„Nun gut, mein Kind. Dann werde ich dich dabei unterstützen, so gut ich nur kann. Wir wissen nicht, wie lange wir noch Zeit haben, bis tatsächlich die Polizei vor der Tür steht. Mit etwas Glück dauert´s ein bisschen, bis sie eine Verbindung zum damaligen Geschehen herstellen, dann werden sie aber vermutlich sehr schnell auch die Verbindung zu Erik und somit auch zu mir herstellen. Ich kann dir natürlich mit meinen Erinnerungen und meinem Wissen helfen, loslaufen und herausfinden, was damals wirklich los war und warum diese Frau gestern ermordet wurde, kannst nur du alleine, weil mich alle Leute kennen und sofort anfangen würden zu überlegen, was da faul ist!

Das ist auch für Erik im Moment zu gefährlich! Ich glaube, wir dürfen ihn jetzt auch beide nicht kontaktieren! Das wäre zu gefährlich! Hinzu kommt, dass die Zeit gegen uns ist und wir uns beeilen müssen, wenn wir was finden wollen. Also,….. wo waren wir stehen geblieben?"

Ich war überrascht, wie schnell sich Mariana gefasst hatte und ihre Gedanken sortieren konnte. Sofort ging sie auf meine Worte ein und sagte:

„Gut, das ist super, wenn ich auf dich zählen kann. Ich muss auch aufpassen, dass mich niemand bei dir sieht, das ist zu gefährlich. Wenn jemand klingelt, brauche ich ein Versteck. Außerdem sollten wir entweder irgendwo hingehen, wo man nicht durchs Fenster schauen kann oder zumindest die Vorhänge zuziehen."

„Komm mit! Die Vorhänge fallen auf, weil ich die nie zu mache. Wir gehen nach hinten, in die Nische, da wird uns keiner sehen!"

Mariana war nun voller Elan und Hoffnung. Das gab ihr Kraft.

„Also, Mariana, die Polizisten hatten dir mitgeteilt, was passiert war und du bist zusammengebrochen. Ich hatte dich unterbrochen als du mir von der reellen Erscheinung von Ammelie erzähltest."

„Ja, genau," hakte Mariana ein.

„Nun,….. wie ich schon sagte, das Gefühl, Ammelie würde zu mir sprechen, half mir, mich etwas zu sammeln und ich war in der Lage, den Polizisten besser zuzuhören. Einer fing an, Fragen zu stellen und ich merkte sehr schnell, dass meine Schwester mir anscheinend unterstellt hatte, am Tod von Ammelie mit Schuld zu sein."

„Frau Rosso," sagte er, „es tut mir leid aber ich muss ihnen ein paar Fragen stellen. Frau Frannek, die Mutter, teilte uns mit, dass Ammelie und ihr Freund Erik Baukers bei ihnen Unterschlupf gesucht haben, als sie sich mit Ammelie überworfen hat, wegen ihres neuen Freundes? Ist das richtig?"

„Jjja,"….. antwortete ich unsicher. „Wwwwarum?"

„Nun, Frau Frannek hat sie schwer belastet, indem sie Sie für Ammellie´s Verhalten verantwortlich machte und dies letztendlich dem Mädchen den Tod brachte! Im Moment sieht nämlich alles danach aus oder besser, es gibt genügend Indizien dafür, dass Erik Baukers der mutmaßliche Mörder von Ammelie ist. Wir haben ihn auch bereits fest genommen." Der Polizist musterte mich ganz genau, um meine Reaktion zu beobachten.

Ich rang erst einmal nach Fassung über das, was der mir da gerade an den Kopf knallte. Dann versuchte ich langsam und sachlich auf seine Fragen, beziehungsweise auf seine Anschuldigungen zu antworten.

Ja, Ammelie und Erik haben bei mir Zuflucht gesucht, weil Ammelies Mutter, getrieben von Gier, nicht akzeptieren wollte, dass das Mädchen sich in einen, in ihren Augen gewöhnlichen Jungen verliebt hatte. Meiner Schwester war Rang und Ansehen, natürlich verbunden mit genügend Geld, immer schon das Wichtigste im Leben! Sogar wichtiger, als das Glück ihrer eigenen Tochter.

Als meine Schwester herausfand, dass die beiden ein Paar waren und Ammelie noch dazu ihren vorhergehenden Freund, der ein reiches, verwöhntes Söhnchen mit Rang und Namen in der Gesellschaft war, sitzen ließ, hat sie ohne zu zögern, den Umgang mit dem jungen Mann verboten und ihr gedroht, sie würde sie an einer Schule im Ausland anmelden! Darauf hin haben sich die beiden heimlich bei mir getroffen und ich habe sie dabei unterstützt. Warum soll ich deshalb am Tod meiner Nichte schuld sein?

Ich habe Ammelie geliebt, wie meine eigene Tochter und hätte alles für sie getan, im Gegensatz zu ihrer Mutter. Die war nämlich ausschließlich damit beschäftigt, sich wichtig zu nehmen und oberflächlich zu sein!"

Die Polizisten beobachteten mich genau und fuhren fort:

„Soweit, so gut, Frau Rosso, dennoch sieht es danach aus, dass der junge Mann, den sie so tatkräftig unterstützt haben, der Mörder ihrer Nichte ist. Wie können sie sich das erklären?"

Ich merkte, wie Wut in mir hochkam und versuchte mich zu beherrschen, weil mir natürlich klar war, dass den beiden wohl nichts entgehen würde.

„Wie kommen sie dazu, diesen jungen Mann zu beschuldigen!! Er ist der ehrlichste Mensch, der mir je begegnet ist und ich lege meine Hände für ihn ins Feuer! Die beide liebten sich so sehr, Erik hätte alles für Ammelie getan! Er hat sie auf Händen getragen! Welche Beweise haben sie denn dafür?!"

Einer der beiden antwortete immer noch höflich aber weitaus bestimmter als vorher:

„Bitte zweifeln sie nicht unsere Arbeit an,

Frau Rosso. Wenn wir den jungen Mann verhaftet haben, hat das schon seine Gründe und solange wir ermitteln, können wir ihnen nicht alle Details mitteilen. Herr Baukers befand sich über die Leiche gebeugt, als er von Passanten entdeckt wurde. Können sie uns sagen ob die beiden gemeinsam die Schule verlassen haben und wenn ja, wann genau das war?"

„Ja, die beiden haben immer gemeinsam die Schule verlassen und machten sich gemeinsam auf den Nachhauseweg. So oft es ihnen möglich war trafen sie sich dann bei mir, heimlich, in meinem kleinen Häuschen hinten im Garten. Das haben wir zusammen restauriert und liebevoll für die beiden eingerichtet. So konnten sie dort gemeinsame Zeit verbringen, wann immer es möglich war. Ammelie musste das ganze versuchen, geheim zu halten. Allerdings hat ihre Mutter letzte Woche herausgefunden, dass sie sich dort trafen und es gab eine riesige Szene zwischen den beiden. Ammelie kam mit Sack und Pack bei mir an und sagte, sie würde nie wieder nachhause gehen.

Es dauerte nicht lange, bis meine Schwester hier aufkreuzte und auch mir die Hölle heiß machte. Ich konnte allerdings mit viel Mühe und der Drohung, die Polizei zu holen, dafür sorgen, dass sie Ammelie erst einmal hier ließ.

Ich machte ihr klar, dass sie so gar keine Chance hatte mit ihr zu reden. Ich sagte ihr, sie sollte sich erst einmal beruhigen. Ich versprach ihr, mit Ammelie zu reden, wenn sie mir Zeit gab. Außerdem war der Gedanke, da könnte jemand was mitbekommen für sie ja sowieso untragbar! Das war am Freitag. Ich wusste, dass sie ein verlängertes Wochenende in einem Wellnesshotel verbringen würde, das verschaffte etwas Zeit und ich hoffte, die Gemüter würden sich bis dahin etwas abkühlen. Leider war Ammelie zu nichts mehr zu bewegen. Sie wollte in keinem Fall mehr etwas mit ihrer Mutter zu tun haben. Diese sollte gestern Abend aus ihrem Kurzurlaub zurückkommen und ich habe sie bisher nicht gesehen oder gesprochen. Wie sie sehen, war sie diejenige, die mit Ammelie Streit hatte und wütend auf sie war!"

„Nun gut, können sie die Uhrzeit nennen?" Fragte der Polizist nochmal

„Es war unmittelbar nach Schulschluß also 12.45 Uhr," antwortete ich.

„Können sie sich noch an irgend etwas anderes erinnern, das ihnen an diesem Tag auffiel? Hatten die beiden Streit mit jemanden oder untereinander?"

„Nein, überhaupt nicht. Das Einzige, woran ich mich erinnern kann ist, dass sich Ammelie kurz mit Ronja Rubenda unterhalten hat aber das war nicht wirklich auffällig. Die beiden waren befreundet. Mehr oder weniger. Ronja war damals mit David liiert, als dieser sich in Ammelie verliebte. Der junge Mann hat Ronja wegen Ammelie verlassen. Seitdem war die Freundschaft nicht mehr die beste.

Und Ammelie hat, wie schon gesagt, diesen David damals für Erik verlassen."

„Einer der Polizisten machte sich nebenbei Notizen und schaute hoch, als ich das von Ronja erwähnte, sagte aber nichts. Ich überlegte krampfhaft ob mir noch irgendwas verdächtiges einfiel aber da war nichts! So gerne ich das wollte! Ich musste doch irgendwas finden, womit ich Erik entlasten konnte! Aber da war nichts Mona! Einfach nichts! Der Gedanke, Erik würde ins Gefängnis gehen, machte mich verrückt aber ich konnte nichts dagegen tun!!"

Puzzlesteine aus der Vergangenheit

„Wie ging es dann weiter? Ich meine, diese Ronja, war sie damals nicht unter Verdacht? Wenn sie von David verlassen wurde, weil Ammelie ihn sich gekrallt hat und dann für den Nächsten wieder fallen ließ? Die musste doch richtig gekränkt und wütend sein? Hast du da nichts mitbekommen...... also schon im Vorfeld...... meine ich. Da muss es doch Differenzen gegeben haben. Denk mal zurück, Mariana. Wie haben die sich untereinander verhalten in der Zeit, nachdem David Ronja sitzen ließ? Ist dir da nie was aufgefallen? Bitte Mariana, denke genau nach, versuch dich an irgendwas zu erinnern!"

Ich sah Mariana flehend und mit eindringlichem Blick an. Als wollte ich sie beschwören oder hypnotisieren.

„Du hast recht!" Mariana schaute auf. „So hab ich das noch gar nicht gesehen! Ich war wohl damals so blind von all dem Schmerz und der Trauer, dass ich das gar nicht sehen konnte.... oder wollte. Ich weiß es nicht. Ammelie hat über die Dinge, die in der Klicke passierten, natürlich nicht wirklich gesprochen aber wenn ich überlege, hatten alle fünf nicht mehr das Verhältnis, wie vorher, nachdem Ammelie sich in Erik verliebte. Ich weiß nicht, es war komisch. Ronja war plötzlich viel mit Kevin zu sehen und ich dachte, da würde sich vielleicht was anbahnen. Damals hab ich da gar nicht so genau darauf geachtet. Das waren junge Leute und ich wusste ja, dass sich da ständig was änderte. Wie junge Leute halt sind.

Allerdings war dieser Kevin eigentlich eher immer so ein bisschen das fünfte Rad am Wagen. Darüber habe ich mir nie wirklich Gedanken gemacht. Jetzt, wo du mich darauf aufmerksam machst, kommt mir das erst in den Sinn.

Stimmt….. dieser Kevin war immer nur so der Mitläufer in der Clique. Es ist doch komisch, dass der plötzlich bei Ronja so im Kurs stand oder? Vorher hab ich die nicht´mal wirklich miteinander reden seh´n, Mona, …… du hast recht! Und noch was, Mona, jetzt schießt mir immer mehr in den Kopf! David hat immer wieder versucht mit Ronja nochmal anzubändeln!

Ich kann mich erinnern, dass er einmal sogar Blumen mit zur Schule brachte aber Ronja hat sie nicht angenommen. Das ist doch komisch, all die Dinge erschienen mir nie wichtig! Erst jetzt, wo du angefangen hast nachzufragen und den Anstoß gegeben hast, an die Zeit zurück zu denken, fällt mir das Alles auf! Dazu kommt, dass damals ja alle befragt wurden und nichts kam dabei raus.

So kam ich wohl gar nicht auf die Idee, die Dinge zu hinterfragen. Ich war ja auch einfach nur wie taub, nach dem Tod von Ammelie. Der Schmerz fraß mich auf. Irgendwie habe ich versucht, das alles zu verdrängen, um damit klar zu kommen."

Ich versuchte, die Dinge aneinander zu reihen und die Zusammenhänge zu verstehen.

„Wenn Ronja diesem David nie verziehen hat, musste sie voller Hass sein! Was mir noch nicht klar ist,......was wollte die mit diesem Kevin? Wenn David ihr sowieso nachlief, brauchte sie Kevin nicht, um David eifersüchtig zu machen, falls sie das wollte.Kannst du dich sonst noch an was erinnern? Gab es mit Ausnahme der Mutter noch jemanden, der dir damals aufgefallen ist, was weiß ich, jemand außerhalb der Clique. Hatte Ammelie sonst noch zu einer Person näheren Kontakt? Was ist mit diesem Armbrustverein? Da waren die doch alle fünf oder? Und wie war das mit der Schwangerschaft, Mariana, wusstest du davon?"

Mariana´s Blick verfinsterte sich wieder.

„Das mit dem Baby wusste Keiner, auch nicht ich. Das kam erst bei der Obduktion heraus! Erst ein Test ergab, dass Erik der Vater war. Ich habe Erik nie wieder gesehen, seit damals. Ich kann dir also nicht sagen ob er bis dahin überhaupt davon wusste!"

Ich stutzte. „Wieso hast du Erik seitdem nicht mehr gesehen?"

Mariana antwortete traurig und voller Schmerz:

„Meine Schwester hat mich damals, na ja, verstoßen, sozusagen. Ich bin durch die Hölle gegangen. Die Tatsache, dass sie mir die Mitschuld an Ammelie´s Tod gab und der schmerzliche Verlust haben mich aufgefressen! Ich habe viele Jahre gebraucht, das Ganze irgendwie zu verarbeiten und war einfach nicht in der Lage Erik zu besuchen. Diese Kraft hätte ich einfach nicht aufgebracht. Hinzu kam, dass der Tod meines Mannes nur wenige Jahre vorher war und ich konnte sowieso bis zu dem damaligen Zeitpunkt nicht einmal damit abschließen oder klarkommen.

Dafür habe ich meinen Mann viel zu sehr geliebt. Die dramatischen Ereignisse rissen mich so in einen noch tieferen Abgrund, weil all die Wunden, die noch nicht einmal ganz verheilt waren auch wieder aufrissen. Es war furchtbar! Ich kämpfte jeden Tag erneut mit all dem Schmerz und im Grunde hat mich nur die Arbeit aufrecht erhalten. Ich lebe seit dem Tag völlig zurückgezogen, musst du wissen und Irgendwie bin ich jetzt total froh, dass du hier bist und ich mir das von der Seele reden kann. So muss ich diese ganze Schuld und diesen verdammten Schmerz nicht mehr für mich alleine tragen. Es ist wie eine Art Befreiung für mich, jemanden gefunden zu haben, mit dem ich reden kann."

Für mich erschien das alles verständlich und ich hätte mir gern mehr Zeit für Mariana genommen aber ich wusste, dass die Zeit drängt. Ich musste so schnell es ging wieder weiter, weil mir die Zeit buchstäblich davon lief.

„Es tut mir leid Mariana, wenn ich dich so dränge. Ich habe nur leider einfach Zeitdruck und wir müssen schnell machen, sonst haben wir keine Chance. Mit dem Baby kommen wir also nicht weiter. Gibt es denn irgendwas Auffälliges im Zusammenhang über Erik zu erzählen? Immerhin hast du im Bezug auf die Clique und die Zeit davor Erik noch gar nicht erwähnt.Wo war sein Platz in der Clique? Wie war sein Verhalten vor der Beziehung mit Ammelie? Denk nach, Mariana!"

Mariana versuchte sich zu erinnern und

brauchte ein wenig, um Bausteine zusammenzusetzen, die sie damals nicht beachtet hatte.

„Ich weiß nicht, Erik war schon immer der unauffälligste von Allen. Ich kann kaum irgend etwas zu ihm sagen….. außer vielleicht….. Moment mal……. Ich kann mich erinnern, dass Ronja, ehe sie mit David was anfing, sehr viel mit Erik zusammen war! Ich meine,……. Da war nie was……. aber,….. ja genau,…… ich konnte einmal beobachten, wie sie ihm was zusteckte. Das erschien mir natürlich nie wichtig,……. aber das war wohl irgendwie ein Brief oder so.

Sie ging dann mit Kevin weg und die beiden haben ihn heimlich beobachtet. Sie wollten wohl wissen ob er den Brief lesen würde! Ist doch komisch. Da war auch wieder dieser Kevin, der sonst nie wirklich eine große Rolle spielte. Ich habe nicht mitbekommen ob Erik den Brief las oder was da drin stand…… aber…. Ich weiß nicht……. Ich konnte am nächsten Tag beobachten, wie Ronja Erik beschimpfte und weglief. Erik schüttelte nur den Kopf und ging dann auch weiter.

Das erschien mir nie wichtig. Für mich waren das halt einfach junge Leute, die ihre Zwistigkeiten hatten, so wie alle anderen eben auch. Ahhh,…… noch was,……. Als Ronja von

Erik weglief,........ Ja, genau,........ da war wieder dieser Kevin, der auf sie in sicherer Entfernung wartete, so dass Erik ihn nicht sehen konnte, nehme ich an! Keine Ahnung, was da dann wirklich los war. Ich hab mir da tatsächlich nie Gedanken gemacht."

Ich ließ meine Phantasie spielen und versuchte mögliche Zusammenhänge zu finden.

„Was ist, Mariana, wenn das ein Liebesbrief war? Ich meine, was sollten so junge Leute sonst in einen Brief schreiben, sei mal ehrlich. Ich kann mich nicht erinnern, dass in meiner Schulzeit was anderes als Liebesbriefe kursierte. Und dieser Kevin,........ es kommt mir so vor, als wäre der der Laufbursche dieser Ronja gewesen! Warum macht ein Junge so was? Eigentlich gibt's da doch nur einen einzigen Grund oder?"

Mariana nahm einen Schluck Kaffee, der inzwischen natürlich kalt war und stimmte mir nachdenklich zu.

„Stimmt,...... mein Gott,..... so habe ich das damals nie gesehen. Du hast recht, vielleicht kann das ja alles Sinn machen. Wir müssen vielleicht nur den Zusammenhang finden. Aber wie soll das gehen? Selbst, wenn dieser Kevin Ronja´s Laufbursche war, wie kannst du das in Verbindung mit dem Mord bringen?"

„Ich habe keine Ahnung, Mariana aber ich

muss erst einmal alle Möglichkeiten durchdenken und versuchen, irgendwo eine Verbindung herzustellen. Da muss es eine geben! Ich habe mir nebenbei Notizen gemacht und zuhause werde ich versuchen, eine Art Grafik zu erstellen, mit den ganzen Dingen, die du mir jetzt erzählst. Ich gebe nicht auf, ehe ich nicht irgendeinen brauchbaren Hinweis gefunden habe! Sag mal, dieser Kevin, was weißt du sonst noch über den?"

„Ohh, nicht viel. Er stammte aus einer mittelständigen Familie, war eigentlich immer unauffällig. Genau genommen, kann man über den überhaupt nichts erzählen. Ich weiß, dass seine Eltern wohl Kontakt zu den Eltern von David hatten aber was soll das schon bringen?" Plötzlich schreckten beide hoch. Es klingelte an der Tür.

„Verdammt!" Ich sprang hoch. „Das ist bestimmt die Polizei!!"

„Ich erwarte auf jeden Fall niemanden!" Mariana erhob sich nervös von ihrem Stuhl. „Du musst verschwinden!! Geh durch diese Holztür, sie führt hinter das Haus. Geh den kleinen Weg entlang, hinter dem Gartenhaus. Er führt auf eine kleine Straße. Beeil dich! Hier, deine Jacke! Ich hoffe ich konnte dir helfen! Wir können uns nicht wieder sehen, so lange nicht alles geklärt ist! Also pass auf dich auf!! Hier, das ist die Nummer vom alten Handy meines Mannes, es funktioniert noch. Benutze es aber nur im Notfall, hörst du!"

Ich umarmte Mariana und verschwand leise durch die Tür. Ich ging den Weg entlang, wie mir Mariana es beschrieben hatte und kam zwei Häuser weiter auf eine Straße, von der aus ich zur Haustür von Mariana sehen konnte.

Es lief mir eiskalt über den Rücken als ich sehen konnte, dass zwei Polizisten dort standen und offenbar schon fleißig dabei waren, Mariana aufzuklären.

Hexenkessel

Gleich würde sie wohl mit den beiden im Haus verschwinden. Solange wollte ich warten. Die Polizisten kannten mich zwar nicht aber ich wollte auf jeden Fall vermeiden, gesehen zu werden. Ich wusste ja nicht ob ich denen noch öfter begegnen würde oder musste, wie man das nimmt. Zurück im Auto überlegte ich, was ich nun als nächstes tun sollte. Einerseits lief mir die Zeit davon und es wäre vielleicht besser, erst einmal alle Leute abzuklappern, die ich mir   aufgeschrieben hatte, andererseits musste ich bewusst vorgehen, um keine Pferde scheu zu machen, wie man so schön sagte. Vielleicht wäre es dann doch besser, erst einmal nachhause zu fahren und alle Informationen zu ordnen, die mir Mariana gegeben hatte. So konnte ich genau überlegen, welchen Schritt   ich als nächstes tun würde…...`komm fahr nach hause, mach dir `nen Kaffee, iss was und versuch die Dinge zu ordnen,` gab ich mir quasi selber den Befehl.

Ich kam zu dem Entschluss, dass das am vernünftigsten sei. Also, ab nach Hause. Zur Ruhe kommen und alle Gedanken erst mal sortieren und versuchen, in die richtige Reihenfolge zu bekommen.

Daheim angekommen, sank ich auf meine Couch und atmete ein paar Minuten durch.

Es war bereits vier Uhr nachmittags. Die Zeit verging wie im Flug und im Grunde hatte ich noch nicht wirklich ernsthaft eine Spur. Das machte mich nervös und ich raffte mich auf, machte mir starken Kaffee und ein Brot, holte mir was zu schreiben und knallte mich vor den Computer am Schreibtisch. Es dauerte etwas, bis ich in der Lage war, mich wieder zu konzentrieren. So,…… nun musste ich ein

Konzept für meinen Plan entwickeln. Als erstes musste ich die Namen aufschreiben und alles, was ich wusste dazu schreiben.

Ich nahm für jede Person ein Blatt und fing an, zu notieren,was ich erfahren hatte:

Da war die ermordete Ronja. Sie wurde von David verlassen, wegen Ammelie. O.K...... aber wieso hing sie sowohl vorher als auch nachher mit diesem Kevin ab? Das sah doch so aus als würde sie ihn immer wieder benutzen. Hmmmm,.... genau. Dann dieser Kevin, der hätte sich das aber doch nie ohne Grund gefallen lassen...... der musste in Ronja verliebt sein! Aber warum hat Ronja sich mit ihm immer wieder abgegeben. Die hat den doch niemals geliebt...... dann hat sie ihn einfach nur benutzt....... eigentlich kann es dafür ja sonst keine Erklärung geben. Ich konnte mir da einfach keinen Reim draus machen. Den blöden Brief hat sie Erik doch sowieso selber gegeben. Warum also dieser Kevin immer wieder? Hat Ronja mit ihm gespielt, um nicht alleine zu sein? Keine Ahnung.

Auf jeden Fall war klar,...... Ronja musste richtig sauer auf David sein. Das stand fest....... Als nächstes also David. Moment mal, ... was ist eigentlich aus dem geworden? Ich wollte keine Spur unverfolgt lassen und fing sofort an, im Netz nach ihm zu suchen. Da sollte nun die nächste Überraschung auf mich warten!

„Das ist doch alles nur noch Wahnsinn!"

Ich schrie laut in den Raum und schlug wütend und völlig aus der Fassung mit der Faust auf den Tisch. Ich sprang auf und versuchte, mich irgendwie zu beruhigen, was mir langsam aber nicht mehr so richtig gelingen wollte! Nur mit großer Mühe konnte ich Wut und Fassungslosigkeit unterdrücken, um fortfahren zu können.

Es war wie in einem Hexenkessel
und ich hatte das Gefühl,
mich mittendrin in diesem
verfluchten Kessel zu befinden!!!

Dieser David musste anscheinend nach der Schulzeit in eine andere Stadt gezogen sein. Dort passierte zwei Jahre nach Ammelie´s Tod ´ne total kuriose Sache! Zumindest kam mir das so vor. Den Leuten damals, die ermittelt hatten, scheinbar nicht!! Das ist nicht zu glauben!! David ist wohl nach einem schweren Unfall, so hatten die das damals zumindest angenommen, spurlos verschwunden!! Sein Auto fand man unterhalb eines steilen Hanges. Es hatte sich mehrfach überschlagen und sah furchtbar aus. Keiner konnte fassen, dass da noch jemand lebend rauskommen konnte. Trotzdem war er wie vom Erdboden verschluckt. Es gab riesengroße Suchaktionen aber man fand nichts!! Wie kann das sein!!

„Da muss doch irgendeiner mal eine Verbindung zu Ammelie erwägen oder so was. Ich glaub das Alles nicht! Wie kann es möglich sein, dass da keine Spuren waren. Das ist doch gar nicht möglich. Da müssen doch Blutspuren sein oder Schleifspuren oder Fußspuren...... irgendwas! Ich glaub´ das einfach alles nicht, verdammte Scheiße! O.k., Mona, komm runter jetzt,.... reiß dich verdammt nochmal zusammen!! Du musst Ruhe bewahren, sonst wird das nix! Das Enstetzen immer noch in den Knochen laufe ich in die Küche. Hastig nehme ich mir ein Schnapsglas und kippe mir einen Cognac hinter die Kiemen.

„So,.... Los jetzt,...... mach weiter!!! Da muss es eine Verbindung geben. Das ist alles viel zu offensichtlich!"

Sofort setzte ich mich wieder vor den PC und las weiter. Die Polizei hat lange Zeit nach ihm gesucht aber anscheinend niemals über diese ganze Zeit eine Verbindung zu seiner Schulzeit und dem Mord an Ammelie hergestellt. Irgendwann wurde, laut der Artikel, die noch im Internet zu finden waren, die Suche nach David eingestellt. Ab da sind dann auch keine Artikel mehr zu finden. Ich weiß also nicht einmal ob er für tot erklärt wurde oder so.

Was ich auch nicht kapiere ist, dass Mariana nichts davon wusste. Obwohl,…. Wenn sie die Zeitung von dort nicht zu lesen bekam, wird nichts bis zu ihr durchgedrungen sein. Das kann gut möglich sein. Nach so vielen Jahren verlieren sich die Kontakte ja schon….

„Also langsam wird´s ja echt eng, mit Verdächtigen oder so. Is` ja keiner mehr übrig. Und der Kevin kann´s ja wohl nicht gewesen sein." Ich ging nochmal alle Notizen durch aber da war wirklich absolut kein Zusammenhang zu finden. Theoretisch stand ich immer noch ganz am Anfang. Verzweifelt versuchte ich wenigstens eine Kleinigkeit zu finden, die mir weiterhelfen konnte aber da war einfach nichts. Es war also klar, dass ich weiter fragen musste. Wo sollte ich beginnen? Bei dem Schuldirektor? Oder war es besser, erst einmal die Eltern von diesem David aufzusuchen? Ich wusste doch selber nicht, was im Moment am besten wäre. Vielleicht gab es ja tatsächlich keinen Zusammenhang zwischen den Morden und ich war auf einer total falschen Fährte! Inzwischen war es schon sechs und Ich hatte nach wie vor nicht die geringste Spur. Verzweifelt sank ich auf die Couch und versuchte   abzuwägen,   was   nun   am vernünftigsten wäre. Da schoss mir Mariana wieder in den Kopf. Ich musste sie anrufen, da mir sonst, wie gesagt, die Zeit davon lief.

„Wenn Mariana mit dem Direktor sprechen würde, könnte ich zu David´s Eltern fahren! Das würde mir jede Menge Zeit sparen!" Ich kam zu dem Entschluss, dass das die beste Lösung war in diesem Moment, denn ich musste endlich irgendwie voran kommen. Mit ein bisschen Glück hatte Mariana ein gutes Verhältnis zu diesem Direktor. Ich konnte mich erinnern, dass dieser in etwa in ihrem alter sein musste.

`Mann, wo hab ich die verdammte Nummer jetzt! Hier…… gut,……. Es läutet! Geh ran Mariana, komm schon!` „ Ja…. Mariana? Ich bin´s , Mona. Hör zu, ich fasse mich kurz! Dieser David, ich hab den nochmal gegoogelt. Der ist zwei Jahre, nachdem er die Schule beendet hatte, nach einem schweren Autounfall auf mysteriöse Art verschwunden! Weißt du da was davon?"

„Nein, da habe ich nie was davon gehört! Das wird ja immer schrecklicher!"

Ich konnte Mariana´s Entrüstung in ihren Worten hören.

„Ja, ich weiß. Mariana, pass auf, mir läuft immer mehr die Zeit davon und ich hab immer noch nichts Brauchbares. Ich möchte zu den Eltern von diesem David fahren. Wie stehst du denn zum Schuldirektor?"

„Augustus? Oh, ganz gut, wir sind seit vielen Jahren per Du und spielen zusammen ab und an eine Partie Schach, außerdem war er ja früher Ammelie´s Lehrer, warum?"

„Du musst zu ihm gehen. Du musst mit ihm sprechen. Frag ihn, an was er sich noch erinnern kann von damals. Wenn du denkst, dass du ihm genügend vertrauen kannst, sag ihm meinetwegen auch die Wahrheit. Wir müssen es versuchen. Wir kommen sonst nicht weiter. Du hast jetzt meine Nummer auf deinem Handy. Sobald du was weißt, ruf mich an, o.k.? Und denk daran, alles, jede Kleinigkeit ist wichtig! Sag mal, was wollte die Polizei, konntest du was von denen erfahren?"

„Oh, die haben nur gefragt ob ich Ronja kannte und ob ich noch Kontakt zu ihr hatte. Ich habe ihnen gesagt, dass ich sie halt von der Schule kannte, ihr aber seit Schulabschluss nicht mehr begegnet bin. Auf meine Frage hin, warum sie das wissen wollten, teilten sie mir nur mit, dass sie ermordet aufgefunden wurde und nach Anhaltspunkten suchen würden. Mehr haben die nicht raus gelassen. Ich hab auch nicht weiter gefragt, weil ich nicht auffallen wollte. Nun gut, Mona, ich mach mich jetzt auf den Weg. Bis später."

„Viel Glück, Mariana!"

Ich suchte die Adresse von David´s Eltern und machte mich sofort auf den Weg.

David Sönke

„Mein Gott, wie soll ich denen das jetzt erklären. Die denken doch, ich bin durchgeknallt!" Ich überlegte mir während der Fahrt krampfhaft, wie ich wildfremden Menschen jetzt klar machen soll, was ich von ihnen will. `Ich muss erst mal einen auf blöd machen. Ich frag einfach nach David. Erzähl, ich bin eine alte Schulfreundin, so wie ich das bei Mariana auch gemacht habe. Dann schau ich weiter….. Genau,…. Das ist gut!`
Nervös versuchte ich, mir passende Worte zurechtzulegen und mir die wichtigsten Fragen einzubläuen, um nichts zu vergessen. Dort angekommen, stieg plötzlich eine furchtbare Nervosität in mir hoch. `Komm jetzt, kneif die Backen zusammen und mach dich dorthin! Die Zeit sitzt dir im Nacken! Du hast keine Zeit für

so´nen Quatsch!` Ich atmete also tief durch, stieg aus dem Auto und machte mich auf die Socken. An der Tür angekommen, atmete ich noch einmal tief durch und klingelte. Eine zierliche Frau öffnete die Tür. Sie schien sehr zerbrechlich und vom Leben gezeichnet. Allem Anschein nach hat sie das Verschwinden ihres Sohnes bis heute nicht verwunden. Konnte man ja auch verstehen. Ich weiß nicht, wie ich das verkraften könnte und wie ich vor allem damit umgehen würde.

„Ja bitte?" Fragte die Frau etwas verstört, weil sie mich nicht kannte.

„Guten Tag, mein Name ist Mona. Es tut mir leid, wenn ich sie störe aber ich bin eine alte Freundin von David und suche nach ihm. Wir haben uns damals aus den Augen verloren als ich mit meinen Eltern ins Ausland ging." Ich beobachtete die Frau genau und bemerkte, wie sich ihre Gesichtszüge beim Erwähnen von David´s Namen schlagartig verzerrten und Schmerz, Trauer aber auch Wut zum Ausdruck brachten.

„Ich kenne sie nicht, wann wollen sie mit ihm befreundet gewesen sein?"

Meine Kehle schnürte sich zu, `mann, pass jetz` bloß auf, was du sagst. Verrat dich ja nicht, sonst hast ein Problem,` ermahnte ich mich wieder mal selbst.

Die Frau schien verärgert und ich musste sie irgendwie besänftigen und für mich einnehmen, sonst hatte ich keine Chance!

„Ohh, wir sind uns an der Schule begegnet, zufällig, am Schulkiosk und kamen dort ins Gespräch. Ich war eine Klasse höher als er und man kannte sich zwar so, vom Sehen, hatte aber keinen Kontakt. Im Gespräch war da gleich so eine Sympathie, die uns dann zusammenschweißte. Leider nur für kurze Zeit, denn dann haben mir meine Eltern einfach mal so mitgeteilt, dass wir auswandern würden und zwar schon in einem Monat. War 'ne schlimme Zeit für mich, die letzten Wochen aber David war so ein toller Freund und hat mir so viel Mut zugesprochen. Ich habe das nie vergessen! Deshalb wollte ich ihn jetzt gerne wiedersehen nach meiner Rückkehr. Ich weiß nämlich nicht, wie ich diesen ganzen Horror damals ohne ihn überstanden hätte!"

`Nun, mal sehen ob das reichen würde, die Frau milde zu stimmen. Ich hoffte es. Keine Ahnung, was ich sonst noch sagen sollte.`

Aber es klappte! Ihre Gesichtszüge wurden ein wenig weicher und auch in Ihrer Stimme war nun mehr Wärme zu spüren. „ Ohh," sagte sie, „davon wusste ich gar nichts."

Total erleichtert ging ich auf ihre Feststellung ein und versuchte, sie noch mehr für mich zu gewinnen.

„Ja, das kann schon ganz gut sein, Frau Sönke. Wie gesagt, wir hatten nicht viel Zeit miteinander verbracht, weil ich ja weg musste. Das waren nur wenige Wochen. Trotzdem werde ich David immer dankbar sein, für das was er damals für mich getan hat!….. Bitte, Frau Sönke, vielleicht könnten sie mir ja soviel Vertrauen entgegen bringen, mir zu verraten, wo ich David finden kann. Wohnt er denn überhaupt noch hier nach all den Jahren?"

So ein scheiß Spiel! Ich kam mir echt mies vor bei den ganzen Lügen aber was sollte ich sonst tun? Ich versuchte, meine Nervosität zu verbergen und hoffte, nun ein wenig mehr zu erfahren. Das Eis war gebrochen, wie es aussah, denn David´s Mutter bat mich in ihr Haus.

„Kommen sie doch herein. Bitte verzeihen sie mir meine ruppige Art und mein Misstrauen. Setzen sie sich doch. Darf ich ihnen eine Tasse Tee anbieten?"

Ich war so unendlich erleichtert und antwortete freundlich mit einem ja. Bis die Frau wiederkam hatte ich Zeit, mich ein klein wenig umzuschauen. Es gab einen Kaminsims, der voll gestellt war mit Bildern von David. Es war fast unmöglich den Blick von diesem Sims zu wenden. Er war völlig überfüllt mit Allem was an David erinnerte. David´s Mutter hat wohl bemerkt, dass ich wie gebannt auf diesen Sims schaute, als sie zurück kam und da kam dann auch schon die Aussage, auf die ich wartete.

„Sie wundern sich bestimmt darüber, dass der Sims nur mit David´s Bildern voll steht. Nun, ich muss ihnen sagen, dass David nicht mehr hier ist. Er hatte vor vielen Jahren einen schweren Autounfall. Allerdings gab es keine Leiche von ihm. Er ist seitdem verschwunden.

Man hat niemals irgend einen Anhaltspunkt finden können, der seinen Tod wirklich bestätigen konnte. Es gab sehr viel Blut im Unfallwagen aber keine Leiche. Niemand konnte sich damals erklären, wo die Leiche abgeblieben war, denn, das stand für die Beamten fest, bei dieser Menge Blut konnte niemand wirklich überleben!"

Frau Sönke verlor das Gleichgewicht und sank in den Stuhl neben mir. Es war erschreckend, wie sehr sie unter diesen Worten litt, die da gerade über ihre Lippen kamen. Ich sprang hoch, versuchte sie zu stützen und nahm ihr die Teekanne aus der Hand, um einzugießen. Ein Schluck Tee könnte der Frau jetzt guttun. Ich gab ihr die Tasse in die Hand und half ihr, sie zum Mund zu führen, um zu trinken. Sie war so zittrig, dass sie alleine nicht dazu in der Lage war. Ich stand neben ihr und streichelte ihr beruhigend über die Schultern und es war fast dieselbe Situation, wie bei Mariana. Dieser Moment ergriff mich ebenfalls so sehr, dass es mir nicht schwer viel, die notwendige Erschütterung aufzubringen, um nicht aufzufallen. Langsam fing ich an, mit ausgewählten Worten, sie zu beruhigen und meine Bestürzung zu zeigen.

„Mein Gott,…….das ist nicht zu glauben, Frau Sönke!! Ich, …. das tut mir so unendlich leid!! Ich weiß gar nicht, was ich sagen soll. Ich hätte mit Vielem gerechnet aber so etwas! Das ist unvorstellbar und erschüttert mich zutiefst!! Wie kann man nur mit so einer Situation klar kommen. Es muss die Hölle für sie sein, noch nicht einmal nach so vielen Jahren zu wissen, was denn mit David passiert ist. Ich kann nicht glauben, dass da Keiner was finden konnte. Da muss doch was gewesen sein. Irgendwelche Spuren!

Bitte entschuldigen sie aber ich versuche gerade selbst mit der ganzen Sache klar zu kommen. Das ist wie in einem schrecklichen Traum."

Ich begann, mich vorsichtig an die Frau und ihre Gefühle heranzutasten, schließlich musste ich mehr erfahren! Wie sollte ich denn sonst weiter kommen. Gleichzeitig musste ich natürlich höllisch aufpassen, mich nicht zu verraten.

„Wurden denn damals tatsächlich keinerlei Anhaltspunkte gefunden? Ich meine, wie denken denn Sie darüber, Frau Sönke? Könnte David noch am leben sein, ihrer Meinung nach?"

David´s Mutter schaute mich traurig an und schüttelte hoffnungslos den Kopf.

„Nein, man hatte damals von vornherein gesagt, dass diese unwahrscheinliche Menge Blut am Unfallort ein absolut sicherer Beweis dafür sei, dass David nicht mehr am Leben sein konnte. Hinzu kam, dass es damals fürchterlich geregnet hatte und dort an der Unfallstelle regelrecht alles unter Wasser stand. So war es einfach nicht möglich, irgendwelche Spuren festzustellen. Die Beamten gingen davon aus, dass sehr wahrscheinlich irgend jemand die Leiche weggeschafft hatte. Man konnte aber nicht einmal sagen ob ein zweiter Wagen am Unfall beteiligt war oder nicht. Es gab keine Bremsspuren, keine Reifenspuren, ….wirklich, …. Da war einfach nichts zu finden!!! Und wenn da was war, wurde es von den Regenmassen weggespült.

Es wurde noch lange ermittelt. Die Polizei hat wirklich alles versucht. Die Presse war eingeschaltet. Es gab groß angelegte Suchaktionen. Da waren Hubschrauber,

Freunde und so viele Menschen aus dem Ort haben mitgeholfen zu suchen,….. ja, …. sogar das Militär war im Einsatz. Wochenlang wurden immer wieder neue Versuche gestartet aber man fand keinerlei Anhaltspunkte. Es war die pure Hölle und ist es immer noch. Als hätte mein Junge sich in Luft aufgelöst. Sie glauben gar nicht, wie lange es dauerte, bis ich in der Lage war, David´s Verschwinden zu akzeptieren. Immer und immer wieder denke ich, vielleicht könnte er ja doch noch leben. Es mag für sie verrückt klingen aber ich wünschte, man würde endlich seine Leiche finden. Dann könnte ich damit abschließen und ihn auch für mich endgültig beerdigen. Immer dieser kleine Funke Hoffnung, gegen alle Vernunft, der mich an den Rande des Wahnsinns treibt."

Die Frau neigte ihren Kopf und es war, als würde gerade das Leben aus ihrem Körper weichen, so sank ihr ganzer Körper in sich zusammen. Jämmerlich, wie ein kleines Kind, fing sie an zu weinen. Es zerriss mir fast das Herz, sie so zu sehen. Zu spüren, wie sehr sie diese ganze Geschichte zu einem Häufchen Elend zerfallen ließ, machte mich unendlich traurig und ich musste unweigerlich mit ihr weinen.

Ich nahm ein Taschentuch aus meiner Jackentasche und trocknete ihr Gesicht von den

Tränen, während ich versuchte, auch mich selbst wieder in den Griff zu bekommen. Ich strich ihr über die Wangen und und sah ihr in die Augen. In dem Moment hatte ich ein furchtbar schlechtes Gewissen, weil ich sie so anlügen musste. Trotzdem konnte ich das jetzt nicht ändern, denn ich wusste nicht, was oder wie viel David mit dieser damaligen Geschichte zu tun hatte. Er hatte diese Beziehung zu Ammelie und konnte also vielleicht auch ihr Mörder sein!

Mir war klar, dass ich unbedingt weiter fragen musste, um mehr zu erfahren. Es war nur gerade in diesem Moment kaum möglich, die richtigen Worte zu finden. Da kam mir der Gedanke, sie einfach aufzumuntern, indem ich versuchte das Gespräch geschickt auf damals zu lenken und sie so dazu zu bringen über ihn zu erzählen. Vielleicht konnte sie so ein wenig Ablenkung von diesem tatsächlichen Schmerz finden, wenn sie über ihn sprach und sich an nette Dinge erinnerte. Ich hoffte es zumindest!

„Möchten sie mir nicht von David erzählen, anstatt um ihn zu weinen? Vielleicht hilft ihnen das ein wenig, den Schmerz leichter zu ertragen? Was war denn damals als ich wegging? Hat Erik eine Freundin gefunden? Er erzählte mir von seiner unglücklichen Liebe und dass er nie wieder eine Freundin haben wollte. Er war zutiefst verletzt worden von diesem Mädchen damals. Wir haben viel darüber gesprochen."

Nun musste ich aufpassen, dass das Gespräch nicht kippte, denn David´s Mutter musste ja nun automatisch Ammelie´s Tod zur Sprache bringen.

„Ach," entgegnete mir Frau Sönke überrascht und schon auch etwas erschrocken, so würde ich zumindest ihre Reaktion im ersten Moment deuten. Schnell bemerkte ich aber, dass dieses ´Ach` eher Neugierde bekundete.

„Er hat mit ihnen über seine Gefühle gesprochen? Das verwundert mich nun aber sehr und macht mich neugierig. Sie müssen wissen, wir hatten schon eine glückliche Familie aber David hat zuhause nie über seine Gefühle oder seine Mädchengeschichten gesprochen. Natürlich kannte ich zwei seiner Freundinnen. Sie waren schon auch mal zum Essen da. Über das, was in seinen Beziehungen passierte, hat er allerdings nie mit mir oder auch meinem Mann gesprochen. Als dann diese scheußliche Geschichte mit Ammelie passierte, hat sich David sehr verändert und noch viel weniger mit uns gesprochen. Nun, ich denke das wissen sie ja oder? Also ich meine den Mord an Ammelie?

Ich räusperte mich und versuchte unauffällig

die richtigen Worte zu finden.

„Mord an Ammelie? Nein, …… davon weiß ich nichts,…… wieso Mord, …. und wann soll das gewesen sein? Ich,…. Bitte entschuldigen sie, ….. aber ich bin grade, …..also ich habe davon nichts gehört. David hatte mir versprochen, mit mir in Kontakt zu bleiben, hat sich aber nie bei mir gemeldet und war für mich auch nicht mehr erreichbar. Ich konnte das nie verstehen, weil wir uns doch so sehr verstanden haben. Das ist mit ein Grund, warum ich hierher gekommen bin. Ich wollte von ihm wissen, wieso er nie wieder von sich hören ließ. Mein Gott, ich weiß nicht aber, also, er hatte mir erzählt, dieses Mädchen Ammelie wäre seine große Liebe gewesen. Er hätte alles für sie getan. Dann hat sie ihn aber scheinbar eiskalt abserviert wegen, …. Erik, …. glaube ich, hieß der. Das war die Situation damals als wir uns kennenlernten, wie gesagt. In den paar Wochen, die wir zusammen verbrachten ging es sehr oft um diese Geschichte. Er war voller Hass auf diesen Erik und konnte nicht verstehen, dass das Mädchen ihn so mir nichts, dir nichts abgeschrieben hat. Er dachte ja auch von ihr, sie würde genauso empfinden für ihn. Ich weiß nicht …… aber das, was da passiert ist, muss nach meiner Abreise gewesen sein. Bitte, könnten sie mir schildern, was da geschehen ist, Frau Sönke. Ich meine, das war vielleicht der Grund, dass David sich nicht mehr bei mir gemeldet hat. Wieso wurde das Mädchen ermordet? Irgendwie hört sich das alles gerade so an, wie eine schlechte Gruselgeschichte. Sie verzeihen aber es ist nur schwer zu glauben, was sie mir hier erzählen. David´s sonderliches Verschwinden. Ein ermordetes Mädchen?!"

Frau Sönke hörte mir aufmerksam zu und ich hatte das Gefühl, sie war auf jeden Fall bereit, darüber zu sprechen, weil sie einfach hoffte, so mehr über ihren geliebten Sohn zu erfahren. Das spielte mir also gut in die Karten und mit etwas Glück konnte ich so doch noch das ein oder andere erfahren. Obwohl ich mir gerade wirklich wie ein `scheiß Verräter` vorkam. Ich wünschte mir nur, dass David nichts mit den Morden zu tun hatte. Das würde dieser armen Frau nämlich endgültig das Herz brechen! Das könnte sie niemals verkraften!

„ja, nun, dieses Mädchen, Ammelie wurde damals erschossen. Mit einer Armbrust, müssen sie sich vorstellen! Dazu kam, dass sie auch noch schwanger war! Man fand sie auf dem Weg, den sie jeden Tag nachhause ging mit zwei Pfeilen im Körper. Sehr schnell stand damals fest, dass dieser Erik Baukers, den sie vorher schon erwähnten, der Mörder war. Er

101

wurde auch verurteilt für diese grauenvolle Tat. Ich kannte den jungen Mann zwar von der Schule aber nur flüchtig. Wie ich ihnen schon sagte, David hat nie viel gesprochen über sich, seine Freunde und erst recht nicht über Gefühle. Er war verschlossen und ruhig......

Liebevoll aber verschlossen und ruhig. Ich habe irgendwann zwar mitbekommen, dass Erik mit Ammelie zusammen war, der früheren Freundin von David aber ich wusste nicht, dass Ammelie David wegen diesem Erik verlassen hat. Das hat mir David nie erzählt! Deshalb habe ich gerade so überrascht reagiert! Damals war auch die Polizei bei uns im Haus und hatte David befragt aber er war bereits achtzehn und die Befragung fand ohne uns statt. So habe ich da also nichts mitbekommen. Klar haben wir unseren Jungen damals gelöchert und er hat uns erzählt, dass die eben wegen diesem Erik aus der Schule gefragt hätten. Wie gut er ihn kannte und wie gut er Ammelie kannte. Das klang alles ganz plausibel und wir haben also nicht weiter gefragt."

Ich versuchte, das Gespräch auf Erik zu lenken, denn im Moment konnte man sehr schnell denken, David hätte eigentlich eifersüchtig sein müssen damals und nicht Erik. Ich musste Frau Sönke also in eine andere Richtung lenken, um nicht Gefahr zu laufen, dass sie blockiert, wenn ihr klar wird, dass ihr Sohn damals ein Mordmotiv gehabt haben könnte!

„Dieser Erik, Frau Sönke, was wissen sie denn über den? David erzählte mir, sie wären in einer Clique zusammen gewesen. Da gab es auch noch ein paar andere in der Clique. Moment, vielleicht bekomme ich die Namen ja noch zusammen. Da war eine Ronja, ich weiß allerdings nicht mehr, wie die mit Nachnamen hieß. Es gab aber auch noch einen Jungen. Da fällt mir aber der Name nicht mehr ein. Vielleicht könnte ich ja mit den beiden Kontakt aufnehmen und so erfahren, warum David sich wirklich nicht mehr gemeldet hat."

David´s Mutter schaute mich mit einem Blick an, den ich nun gar nicht einordnen konnte.

Und wieder diese Ronja!

„Ronja, ….. Ronja Rubenda,….. das war die erste Freundin von David. Sie war damals ein paar mal zum Essen bei uns. Sie war, ….. wie soll ich sagen,……. total verliebt in David. Es schien fast, als wäre sie besessen gewesen von ihm. Das Mädchen war mir richtig unheimlich. Sie folgte ihm auf Schritt und Tritt, hat zehnmal am Tag angerufen, wo David sei, ob ich das wüsste, wenn er mal nicht mit ihr zusammen war und was mit seinen Freunden unternahm. Das Mädchen hat richtig genervt, schon fast wie so 'ne Stalkerin! Ich war richtig froh als er dann eines Tages mit Ammelie ankam. Sie war so ein liebenswertes Mädchen. Leider hielt das aber nicht lange und wie gesagt, Erik hat mir nie erzählt, warum das auseinander ging. Mein Gott, die waren damals Teenager. Da passierten viele Dinge, die einen zwar wunderten aber halt so hingenommen wurden, weil sie eben der Jugend und der Unerfahrenheit geschuldet waren. Wir waren ja selber mal jung. Diese Ronja muss aber auch Erik total belästigt haben. Das habe ich mal in einem Telefonat von David mitbekommen. Ich weiß nicht mehr genau aber ich glaube das Gespräch war sogar mit Erik. Da ging es darum, dass diese Ronja wohl immer wieder bei Erik auftauchte und ihn belästigte. Das war aber bevor Ammelie mit David wegen Erik Schluss machte. Wie gesagt, ich hab das auch nicht so ernst genommen damals. Es waren Teenager und da passierten viele Dinge zwischen denen, die man einfach der Jugend wegen hinnahm."

Logisch sah das Frau Sönke so. Ich wurde allerdings hellhörig bei der Geschichte über Ronja. Sie war also vielleicht doch in Erik verliebt und deshalb wütend auf Ammelie! Und der Besuch, den Sie mir abstattete, wäre so vielleicht auch zu erklären. Gut,…… keine Zeit für Überlegungen,…… ich musste weiter fragen!

„Hmm, der Name Ronja viel eigentlich immer nur so nebenbei, wenn ich darüber nachdenke. Genauso, wie dieser andere Junge, dessen Namen ich nicht mehr weiß. Kennen sie den vielleicht noch? Ich meine, …… wenn diese Ronja so eigenartig ist, sollte ich sie vielleicht besser nicht aufsuchen oder?"

„ Na ja, von dem Mädchen weiß ich ehrlich gesagt überhaupt nichts sonst, nicht einmal wo sie sich jetzt befindet oder was sie heute macht. Ich überlege gerade, welchen Jungen sie meinen. Wie sie schon aufzählten, da war mein Sohn, Erik, das Mädchen Ronja, die süße

Ammelie,....... ja, ... ich glaube, sie haben recht, ... da war noch ein Junge! Ich habe mich mal mit seinen Eltern unterhalten auf einer Schulveranstaltung. Komische Leute waren das. Der Vater war ein sehr forscher Mann, führte unweigerlich das Wort. Die Mutter wirkte total eingeschüchtert, so als würde sie Angst haben vor ihrem Mann. Ich erinnere mich deshalb so gut, weil ich mich mit meinem Mann auf der Nachhausefahrt sehr lange über die beiden unterhalten habe. Ich hatte vermutet, dass diese Frau von ihrem Mann geschlagen wurde und hätte gerne etwas darüber in Erfahrung gebracht. Mein Mann allerdings hat mich für hysterisch erklärt und gemeint, wir könnten uns doch nicht einfach in das Leben fremder Menschen einmischen......
Wie hießen die denn damals noch.... Der Junge hieß mit Vornamen auf jeden Fall Kevin, das weiß ich wieder..... aber der Familienname, ... es war irgendwas mit Berger, Bergen,.....
Bergens, klar! Bergens war der Name, Kevin Bergens! Den Jungen kannte ich auch nicht so gut. Allerdings viel er mir öfter durch sein komisches Verhalten auf, wenn wir auf Schulveranstaltungen waren. Unsere Kinder waren mit ihren Freunden und dieser Junge saß immer schön brav bei Mama und Papa. Immer höflich und brav. Ich hab den auch nie mit

106

einem Mädchen gesehen. Lange hatten wir vermutet, er wäre schwul. Aber dann,….. ja klar, ….. dann war da auf einmal diese Ronja! Ich erinnere mich! Wir wunderten uns, was dieses Mädchen denn mit so einem Jungen wollte! Also, ich glaube nicht, dass die beiden ein Paar waren aber sie hingen viel miteinander ab. Besonders nach dem Tod von Ammelie! Der Junge lief ihr hinterher, wie so ein Schoßhündchen! Ich denke, der wurde genauso von seinem Vater behandelt, wie seine Mutter, davon war ich überzeugt! Was der heute macht, weiß ich allerdings gar nicht. Wahrscheinlich wohnt der immer noch bei Mami und Papi, könnte ich mir gut vorstellen!"

Tausend Gedanken gingen mir nach diesen Erzählungen durch den Kopf, ich musste mich aber zusammenreißen. David´s Mutter durfte nicht misstrauisch werden. Ich versuchte also auf das Gespräch einzugehen.

„Das scheint wirklich komisch, denken sie, der könnte mir dann überhaupt irgendwas erzählen, von wegen, warum David sich nicht gemeldet hat? Ich meine, haben die beiden überhaupt so viel miteinander zu tun gehabt? Gut, sie waren auf jeden Fall in einer Clique zusammen……."

Frau Sönke überlegte und meinte dann:„Ja, sie haben schon viel Zeit zusammen verbracht.

107

Klar, sie waren ja immer alle gemeinsam unterwegs,...... obwohl,....... Wenn ich so recht überlege,...... ab dem Jahr als das mit Ammelie passierte, ging das immer mehr auseinander mit denen. Genau genommen,wurde das vorher schon immer weniger! Ich weiß nicht, das hing wohl mit den ganzen Beziehungsgeschichten untereinander zusammen. Nur dieser Kevin und Ronja waren komischer Weise eigentlich auch hinterher immer gemeinsam zu sehen. Na ja, vielleicht können sie ja was von den beiden erfahren, einen Versuch ist es wert, denke ich. Es ...... also ..... es wäre schön, ... wenn sie .... na ja, ... wenn sie mich nochmal besuchen würden, um zu berichten, was sie erfahren haben. Immerhin ist das ein Stück Geschichte aus dem Leben meines Jungen, wenn sie verstehen? Ich würde mich wirklich sehr freuen!"

Ich konnte den Wunsch von David´s Mom verstehen. Mir machte der Gedanke allerdings im Moment etwas Angst, da ich nicht wusste, was auf die arme Frau zukommen würde, wenn ich herausgefunden habe, was damals wirklich passiert ist. Es blieb also nichts anderes übrig, ich musste sie schon wieder belügen!..... Scheiße! .....

Trotzdem musste ich meine Geschichte

durchziehen, wenn ich Erik helfen wollte, ……
also:

„Ja, das werde ich, Frau Sönke. Ich melde mich."

Ich leierte also mein Sätzchen runter, schüttelte ihr liebevoll die Hand (wenigstens das war nicht gelogen, ich mochte diese arme Frau nämlich wirklich sehr gerne) und machte mich auf den Weg. Zurück im Auto, atmete ich erst ´mal richtig tief durch. So ein Scheiß Spiel! Echt! Diese Lügen sind so gar nicht mein Ding! Aber was soll ich tun! Wenn ich erfahren wollte, was damals wirklich passiert ist, hatte ich keine andere Wahl! Noch völlig verwirrt von all den Dingen, die mir gerade erzählt wurden, versuchte ich, meine Gedanken zu ordnen. Es war inzwischen schon Mittag, mein Magen meldete sich, ich brauchte also irgendwas hinter die Kiemen. Mariana musste ich auch anrufen. Ich beschloss, mir ein Café zu suchen, um mich zu stärken und von dort aus auch gleich, Mariana anzurufen. Tausend Dinge gingen mir durch den Kopf. Ich musste mich richtig auf die Fahrt konzentrieren, um mich nicht zu verfahren. Was war da nur los, damals. Anstatt zu verstehen, was da passiert war, wurde alles immer nur noch kurioser und unverständlicher. Na ja, vielleicht konnte ich ja klarer denken, wenn ich was gegessen hatte und etwas zur Ruhe kam. So aufgewühlt war es schwer, die Dinge klar zu sehen. Ich würde noch im Lokal, bevor ich Mariana anrief, alles aufschreiben und sortieren. Das sollte helfen, das ein oder andere besser zu verstehen und eventuell auch zu kombinieren. Gut, da vorne war ein nettes Café zu sehen, ich brauchte nur noch einen Parkplatz. Da hatte ich auch Glück, denn es gab welche direkt vor dem Lokal. Ich suchte mir einen schönen, abgelegenen Tisch in einer netten Nische aus und betellte mir schon gleich mal einen Cappuccino. Der würde jetzt guttun, da freute ich mich so richtig drauf. Auf der Karte stand leckerer Salat, den bestellte ich mir als die Bedienung mir den Cappu brachte. Ohh, wie lecker, das tat echt gut und ich entspannte mich ein wenig. Ich freute mich richtig auf den Salat, ich hatte nämlich ordentlich Kohldampf. Langsam fing ich an in Ruhe über alles nachzudenken und konnte so die Dinge viel besser ordnen. Da kam auch schon der Salat. Der sah wirklich lecker aus und schmeckte auch hervorragend, wie sich herausstellte. Während ich aß, legte ich mir die ganzen Informationen Stück für Stück zurecht. Ich hatte mir einen Block neben den Teller gelegt, um mitzuschreiben.

Diese Ronja war also tatsächlich so eigenartig, wie sich mir das von vornherein dargestellt hatte, das war wohl doch keine Einbildung. Sie war so eine Art Stalkerin und bedrängte auch David! Meine Vermutung war also gar nicht so abwegig. Wenn sie tatsächlich von Anfang an in Erik verliebt war, würde das Einiges erklären! Vielleicht war David nur so eine Art Trostpflaster oder sie hatte versucht, Erik eifersüchtig zu machen. Obwohl, … das glaube ich weniger, denn dann hätte sie David nicht so bedrängt, wie das Frau Sönke beschrieben hatte. Sie hat wohl eher eine Beziehung angefangen, weil sie Erik nicht haben konnte. Genau, …… das könnte Sinn geben! Selbst, wenn David nur ein Trostpflaster war, so kann so eine Stalkerin ihre Eigenschaften und Gewohnheiten bestimmt nicht ablegen. Sie musste also auch David als ihren Besitz ansehen und ihn befürworten und von ihm mehr oder weniger Besitz ergreifen! Klar! Das könnte einiges erklären! Deshalb die ständigen Anrufe und diese Kontrolle!

O.K., nun wusste ich also, dass Ronja einen kranken Charakter hatte aber wäre sie wohl auch zu einem Mord fähig gewesen? Und! …… da bleibt immer noch die Tatsache, dass auch Ronja ermordet wurde! Wie konnte das denn dann zusammen passen?

Verdammt, was übersehe ich hier andauernd! Es ist doch offensichtlich, dass an dieser ganzen

111

Geschichte was zum Himmel stinkt! Warum geht dieser Scheiß Knoten nicht auf! Schon wieder ein halber Tag vorbei und ich weiß genau genommen nach wie vor

`NICHTS!`

„Kann ich ihnen irgendwie helfen?" Kam die Bedienung auf mich zu. Sie hat mitbekommen, wie ich gerade wieder mal meine Gefühle nicht im Griff haben konnte und eines meiner Berühmten Selbstgespräche führte. Ich sollte mich also besser etwas zusammen reißen, um nicht noch mehr aufzufallen!

„Nein danke, tut mir leid, ich hab nur mal wieder laut gedacht! Sorry, ist so `ne blöde Angewohnheit von mir!"

Ich zuckte mit den Schultern und die Bedienung grinste und zog von Dannen. So, jetzt nochmal von vorne. Angenommen, ich hatte recht und diese Ronja war so eine Art Stlakerin, die total in Erik verliebt war, ihn aber nicht bekommen konnte, trotz aller Bemühungen. Sie hat sich mit David eingelassen, um darüber hinweg zu kommen. Sie legt ihre krankhafte Eifersucht auf David um. Gut …… aber vielleicht konnte sie Erik ja trotzdem nicht vergessen und ihre Gefühle blieben!!

Seh` ich ja selber gerade, wie stark solche Gefühle sein konnten!! Dann war doch

wahrscheinlich, dass sie Ammelie hasste und
zwar gewaltig!

So weit, so gut.

Trotzdem, wenn sie Ammelie
umgebracht hätte, warum ist sie jetzt selber tot?

Das passt einfach nicht!

Ohhh, mann hey!

Ich check´s einfach nicht!!

Sehnsucht und Verzweiflung

Gut, nochmal von vorne. Oder besser
andersrum. Ich lass Ronja mal außen vor und
denke über Kevin nach. Also, …. Kevin, …..
irgendwie habe ich über den noch gar nicht so
wirklich nachgedacht, fällt mir gerade auf! Mal
seh´n, was weiß ich denn über den? Er war auf
jeden Fall eigenartig und so wie das aussah,
wurde er von seinem Vater total unterdrückt.
Was hat so einer für einen Charakter? Ich
würde sagen, entweder ist er aggressiv, geht

nach draußen und lässt seine aufgestauten Aggressionen an anderen aus, so wie das sein Vater auch tut ….. ooooder…… er ist feige! ….. So wie seine Mutter! Vielleicht trifft aber doch auch beides zu? Keine Ahnung. Selbst wenn, warum sollte er denn dann Ammelie umbringen. So, ich denke, das ist der richtige Zeitpunkt, Mariana anzurufen. Ich wählte also ihre Nummer und hoffte, sie hat schon was erfahren können, das uns endlich weiter hilft. Das jetzt auch noch! Sie geht nicht ran! Das heißt also, ich komme gerade wieder nicht weiter! Langsam erfüllte mich die ganze Sache echt mit Panik. Was, wenn ich es nicht schaffen konnte, dem Mann, den ich so sehr liebe zu helfen!! Wenn sie ihn finden würden und wieder einsperrten! Keine Ahnung ob er durch seine Flucht die Möglichkeit, irgendwann frei zu kommen, nicht ganz verspielt hatte!! Was sollte dann aus uns werden. Wie konnte ich mit so einer Tatsache leben?! Ich wollte darüber gar nicht erst nachdenken. Ich wollte und konnte nicht!! Ich hatte keine andere Wahl, ich musste etwas finden!! Schnell zahlte ich und machte mich auf den Nachhauseweg. Dort wollte ich nochmal alles von vorne aufrollen und weiterhin versuchen, Mariana zu erreichen. ….. So, endlich zuhause. Ich legte meine Sachen ab, fuhr den Computer hoch und machte mir noch einen Cappuccino. Gut, fünf Minuten Pause, dann geht's weiter und zwar so lange, bis ich was gefunden hab!! Ich setzte mich auf die Couch. Die Ruhe tat mir gut und sorgte dafür, dass ich einschlief. Die letzten Tage waren wohl doch ein wenig zu viel, sodass mich nun meine Müdigkeit übermannte. Obwohl ich so zerschlagen war und eigentlich tief und fest schlafen sollte, konnte ich wieder nicht umhin, Erik im Traum zu sehen und zu spüren. Wie auch die Male zuvor, wenn ich in den Schlaf sank. Diese Wärme, diese Nähe und vor allem diese unendliche Sehnsucht waren wieder da und mein Körper wurde von Verlangen erfüllt, wie ich es auch in all meinen vorherigen Träumen spüren konnte, seit mir Erik das erste Mal begegnet war. Wie konnte mich dieser Mann nur so beherrschen! Was war das nur! Wie von Geisterhand bewegten sich meine Schenkel auseinander und ich fühlte Eriks Hände auf meiner Haut. Es war, als wären seine Finger überall. Ich glaubte, seinen Atem auf meinen Brüsten zu spüren. Alleine sein Atem reichte, meine Sinne nahezu zu verlieren und ich hatte das Gefühl, meine Brust könnte explodieren, so sehr ließ die Begierde meine Brüste anschwellen. Sein Mund bewegte sich langsam zu meinem Hals. Seine Lippen auf meinem Hals zu spüren, während seine Hände

115

zart über meinen Bauch nach unten glitten, um dann auf meinen Schenkeln etwas zu verweilen, ließen mich in einen Zustand verfallen, der einer Ohnmacht gleichkam. Pochend hob und sank sich meine Brust im Rhythmus seiner Zunge, die über meinen Hals glitt bis hin zu meinem Mund, in den er sie dann sanft hineingleiten ließ. Gleichzeitig spürte ich seine weichen und doch so männlichen, kräftigen Finger an meinen Schenkeln entlanggleiten bis hin zu meinem, voller Verlangen bebenden Tempel der Liebe. Nur eine kleine Berührung reichte, um mich in den Himmel zu heben und meine Sinne einem Feuerwerk gleichen zu lassen...... Mit pochendem Herzen und Schweißperlen auf der Stirn schreckte ich hoch. Mein Gott! Wie sollte ich das alles denn nur in den Griff bekommen! Ich versuchte meinen Atem wieder zu senken und meinen Körper in Normalzustand zu versetzen. Völlig aufgewühlt von diesem wahnsinnigen Traum rannte ich ins Bad, riss mir die Kleider vom Leib und stellte mich unter die kalte Dusche. Langsam kam ich wieder zur Besinnung, mein Atem wurde ruhiger und meine Brüste entspannten sich. Ich spürte, wie mein Körper regelrecht herunterfuhr und meine Muskeln sich nach und nach wieder lockerten. Ich konnte mir das

nicht erklären. Was hatte dieser Mann nur für eine Macht über mich. Das machte mir inzwischen schon richtig Angst. Wie sollte das möglich sein, ohne
ihn zu leben?

`Bitte, lieber Gott,
ich muss ihm helfen!!
Wenn es Dich gibt!!
Hilf mir, endlich das fehlende Puzzleteil zu finden!!
Ich MUSS die Lösung finden!!
Ich kann ohne diesen Mann nicht mehr Leben!!`

Schon wieder führte ich Selbstgespräche. Die ganze Geschichte machte mich noch zum „Psycho" , wenn ich nicht aufpasste!

Alles klar. Ich musste wieder normal werden und weiter machen. Als Erstes wollte ich Mariana nochmal anrufen. Als ich das Handy aus der Tasche nahm, sah ich, dass sie bereits versucht hatte, mich zu erreichen. Mist, ich hab natürlich wieder eine Menge Zeit verloren. Ich hoffte, Mariana hatte irgendwas gefunden, das uns wenigstens ein kleines Stück weiter bringen konnte. Mariana ging ran und ohne überhaupt hallo zu sagen, legte ich los:

„Hast du was Mariana, konntest du was erfahren?! Ich werde noch verrückt! Ich habe zwar einige Sachen erfahren können aber

117

nichts passt zusammen! Es gibt einfach alles keinen Sinn!!"

„Beruhige dich, Mona. Du bist ja total aus dem Häuschen! Komm vorbei. Nimm den Weg hinten über die Seitenstraße. Parke dein Auto wieder etwas weiter weg, dann fällt nichts auf. Ich warte auf dich."

Hastig packte ich alle Notizen ein, die ich bisher zusammengetragen habe und machte mich auf den Weg. Es waren nur zwanzig Minuten Fahrt aber es kam mir vor, wie eine Ewigkeit.

Was war Mariana so wichtig, dass sie mich sehen musste? Na ja, vielleicht holte sie mich ja nur einfach zu sich, weil sie merkte, wie sehr mich das ganze aufwühlte. Da war ich. Jetzt einparken und hinten durch den Garten. Ich klopfte an die versteckte Tür. Mariana hat wohl schon vor der Tür gewartet, denn ich hatte noch gar nicht richtig geklopft, da riss sie diese auch schon auf.

„Komm rein. Ich habe Kaffee gekocht und ein Glas Sherry eingeschenkt. Ich glaube das kann dir jetzt ganz gut tun."

„Warum sollte ich kommen, was ist so wichtig? Konntest du mehr erfahren?"

Mariana schob mich langsam ins Wohnzimmer und versuchte mich zu beruhigen.

„Setz dich erst mal. Ich habe schon was

Interessantes erfahren aber in erster Linie mache ich mir wirklich Sorgen um dich. Du bist völlig aus der Bahn. Was ist passiert?"

Eine leichte Röte überzog mich. Wie sollte ich denn erklären, was in meinen Träumen mit mir passiert? Mariana könnte meine Mutter sein. Es war mir einfach peinlich, davon zu erzählen. Ich stotterte also ´rum, wusste nicht, was ich sagen sollte. Ich hatte kurz eingeschlafen …. und …. na ja ich weiß auch nicht, …… es war ….. ich."

Mariana viel mir ins Wort.

„Du spürst ihn in Deinen Träumen oder …. und zwar ziemlich reell. Das macht dich wahnsinnig und du fühlst dich noch hilfloser als du das eh schon bist. Hab ich recht?"

Ich schämte mich jetzt gerade noch mehr. War mir das so ins Gesicht geschrieben, dass jeder das sehen konnte oder was?? Mariana merkte, wie sehr ich mich schämte.

„Hey, was ist los? Denkst du, so´was passiert nur dir? Ich war auch jung und habe meine große Liebe entdeckt. Was glaubst du? Dass ich prüde war oder bin? Jede Frau und ich denke auch, jeder Mann bekommt diese Gefühle irgendwann zu spüren! Die Tatsache, dass deine große Liebe in Gefahr ist, sorgt natürlich noch viel mehr für Aufregung und auch Erregung. Je weiter die Liebe entfernt scheint, umso größer ist die Sehnsucht und glaube mir, sie wird erst mal nicht weniger werden! Also, lass uns versuchen, voran zu kommen, um dich von deiner Sehnsucht zu erlösen, mein Kind."

Mariana nahm mich in den Arm und meinte: „Nichts, mein Kind, überhaupt nichts davon muss dir peinlich sein. So und jetzt komm, lass uns zusammen das Rätsel lösen."

Ich war so wahnsinnig erleichtert nach dem Gespräch und ging mit neuer Kraft an die ganze Sache heran.

„Danke, Mariana. Du glaubst gar nicht, wie sehr mir das gerade hilft. Zwischendurch habe ich das Gefühl, ich könnte wahnsinnig werden. Erik ist so reell in meinen Träumen dass ich ihn spüren kann. Ich kannte so ein Gefühl bisher nicht. Gut. Machen wir weiter. Was hast du denn herausgefunden? Gibt es irgend etwas, das uns weiterbringen kann? Bei mir gab es zwar viele Informationen aber ich konnte kein Bindeglied entdecken. David könnte zwar schon der Mörder von Ammelie gewesen sein. Er hätte ein Motiv gehabt, nämlich Eifersucht. Er hatte aber einen schweren Autounfall und seine Leiche ist seither verschwunden. Das heißt, Ronja´s Tod würde nicht im Zusammenhang mit damals stehen. Das wiederum kann aber doch auch nicht sein, denn warum ist diese Ronja plötzlich bei mir aufgetaucht und hat mich vor Erik gewarnt. Das ist alles ein einziges Durcheinander."

Mariana überlegte angestrengt und meinte dann nachdenklich:

„Kevin. Was ist mit dem. Augustus hat mir erzählt, dass der seiner Meinung nach ernsthafte psychische Probleme hatte. Er und auch seine Mutter wurden fortwährend unter Druck gesetzt von Kevin´s Vater. Der muss ein Tyrann gewesen sein. Augustus war sich damals sogar ziemlich sicher, dass die Mutter von ihm geschlagen wurde. Er hatte in einer Sprechstunde auch mal versucht mit der Frau zu sprechen, hatte aber genau das Gegenteil erreicht von dem was er wollte. Sie hat sich sofort auf die Seite ihres Mannes gestellt und ihm gedroht, ihn anzuzeigen, sollte er nochmal solche Lügen verbreiten. Augustus konnte außerdem nicht ausschließen, dass nicht auch Kevin von seinem Vater misshandelt wurde. Er hatte diesen Verdacht auch dem Jugendamt mitgeteilt. Es konnte aber niemand etwas herausfinden und somit auch nichts unternehmen. Typisch `häusliche Gewalt´. Die Frau hätte niemals zugegeben, dass sie geschlagen wurde."

Das brachte mich nun doch ins Grübeln. Was Mariana da erzählte, deckte sich total mit der Aussage von David´s Mom. Sie schilderte

Kevin´s Vater ja genauso. Meine Vermutung, dass Kevin vielleicht doch solche Charakterzüge entwickelt haben konnte, aufgrund der Unterdrückung seines Vater´s, konnte also durchaus zutreffen.

„David´s Mutter hat ähnliches geschildert. Sie hatte ebenfalls die Vermutung, dass Kevin und seine Mutter unterdrückt wurden. Sie hatte auch vermutet, dass Kevin´s Mutter geschlagen wurde von diesem Mann, hatte aber ebenfalls keinerlei Beweise und nichts dagegen unternommen. Das heißt also, dass Kevin ein schwieriger Charakter war aber weiter bringt uns das doch im Grunde auch nicht unbedingt."

„Vielleicht ja doch." Mariana legte ihre Hand auf meinen Arm. „Überleg´ doch mal. Genau genommen ist er der einzige, außer Erik, der noch am Leben ist von den fünf Leuten. Wir sind uns sicher, dass es Erik nicht war. Bleibt doch nur noch Kevin. Oder?"

Mariana hatte recht. Von dieser Seite habe ich das noch gar nicht betrachtet.

„Stimmt schon, Mariana aber wieso sollte er drei Menschen töten und den vierten dafür unschuldig ins Gefängnis gehen lassen? Das gibt keinen Sinn. Das waren alles seine Freunde. Die bringt der doch nicht alle um. Dazu kommt, dass er, so weit wir wissen, sich mit Ronja wirklich gut verstanden hat. Warum soll er die dann umbringen. Gott! Verdammte Scheiße, Mariana! Warum zum Teufel, kommen wir nicht weiter! Was übersehen wir bei der ganzen Sache?! Was wusste denn dein Kollege sonst noch? Gibt es noch irgendwas, das wichtig sein könnte?"

Erste kleine
Zusammenhänge

Mariana schüttelte den Kopf etwas abwesend, weil sie nebenbei wohl überlegte, was im Gespräch mit Augustus Jordan noch erwähnt wurde.

„Er erzählte viele einzelne Dinge. Im großen und ganzen ergab das aber alles nicht wirklich Sinn. Wir sprachen über Erik. Er wusste wohl, dass Ronja in ihn total verliebt war all die Jahre, ….. bringt uns aber auch nicht weiter oder?"

„Moment mal!" Ich wurde hellhörig. All die

Jahre! Bisher hab ich ja schon gehört, dass
Ronja Interesse hatte an Erik, dachte aber das
wäre nicht so ernst gewesen, weil sie ja dann
mit David zusammen war.

„Ich hab das auch gehört aber ich hab das
wieder verworfen, weil sie ja dann mit David
zusammen war. Der hat sie zwar später wegen
Ammelie sitzen lassen und sie hätte vielleicht
schon auf Ammelie sauer sein können aber aus
welchem Grund wurde sie jetzt   selber
ermordet und wo wäre da dann auch die
Verbindung zu David´s Unfall gewesen? Das
gab für mich keinen Sinn. Was aber, ….. was,
wenn Ronja besessener war, als wir vermuten.
Man sieht das doch oft in Filmen, zu was solche
besessene Menschen fähig sind? Wenn sie nie
aufgehört hat, Erik zu lieben und ihn für sich
alleine besitzen wollte, egal um welchen Preis?
Vielleicht hätte sie auch dafür gemordet?"

„ja schon," ….. überlegte Mariana, …… aber sie
wurde ja auch ermordet! Das passt auch wieder
nicht! Außerdem, ……. sie war eine zarte
Person, soweit ich mich erinnere, …… wie
wäre sie denn in der Lage gewesen, die Leiche
von David verschwinden zu lassen. Das ist
kaum möglich. Ich kann mir nicht vorstellen,
dass sie das war. Langsam glaube ich, wir irren
uns und die Morde haben einfach wirklich
nichts miteinander zu tun."

Ich war total entmutigt und zum ersten Mal dachte ich darüber nach, einfach aufzugeben. Mariana muss mir das wohl angesehen haben. Sie packte mich an den Schultern und schüttelte mich.

„Wir geben jetzt nicht auf, hörst du! Wir werden herausfinden, was passiert ist! Wir werden Erik´s Unschuld beweisen, koste es, was es wolle! Hier trink den Sherry. Dann setzen wir uns und fangen nochmal ganz von vorne an!"

Verwirrt sah ich Mariana an. Ich war nicht darauf gefasst, sie so entschlossen und vehement zu erleben. Ohne einen Mucks zu machen setzte ich mich und kippte den Sherry in mich hinein. Mariana lächelte einerseits amüsiert, andererseits war aber auch etwas wie Wärme und Mitleid in ihrem Lächeln zu sehen.

„Ich hab einfach keine Ahnung, was wir noch finden könnten…… Aber du hast recht. Aufgeben ist keine Option! Lass uns alle meine Notizen durchgehen und überlegen, wo und von wem wir noch Informationen einholen könnten. Ich fasse mal zusammen:

Da ist Kevin. Er hat Probleme mit der Psyche und ist der Letzte aus der Clique, der noch übrig ist. Wir finden aber keinerlei Motiv, das ihn zu drei Morden bewegen könnte.

Dann ist da Ronja. Sie hätte, wenn sie

tatsächlich so krank war, wie wir vermuten, einen Grund gehabt, Ammelie zu töten. Alles andere gibt aber wiederum keinen Sinn. Weder David´s Tod, noch ihr eigener, logischerweise.

Theoretisch kann also Ronja die Mörderin von Ammelie sein….. Eigentlich, wenn ich so recht überlege, könnte es für sie auch einen Sinn machen, Erik ins Gefängnis zu bringen. Wenn Ronja von Erik besessen war, wäre das schon möglich, dass sie zum Einen dafür Morde begehen würde, zum Anderen aber auch dafür zu sorgen, dass Erik niemals jemand anderen lieben könnte. Es wäre also logisch, ihn sozusagen zu bestrafen und ins Gefängnis zu schicken, dafür, dass er sie abgewiesen hat. Gut und schön. Zusammenhang gibt´ s da aber trotzdem keinen. Immerhin ist sie ja jetzt selber tot.

Bleibt noch David. Der ist zwei Jahre nach Schulabschluss umgezogen und dann bei einem schweren Unfall auf mysteriöse Art verschwunden. Man kann laut Polizei mit Sicherheit davon ausgehen, dass er tot ist. Das ergaben die Spuren am Unfallort. Nichts desto trotz hat man bis heute keine Leiche von ihm gefunden. Er war mit Ronja zusammen, hat sie dann wegen Ammelie sitzen lassen. Ammelie wiederum hat ihn dann sitzen lassen, wegen Erik. Ziemliches Durcheinander, wie in einer schlechten Soap. Spaß beiseite,weiter im Text. Mir fällt da gerade auf, dass Ronja von zwei Männern verschmäht wurde. Für ein Mädchen mit so einer kranken Psyche muss das doch erst recht extremen Hass und Wut auslösen. Da war ihre große Liebe, die sie niemals haben konnte. Dann verstößt sie auch der Mann, den sie sich quasi als Ersatz aussuchte.

Wieder fällt diese Ronja auf und wieder ist aber kein Zusammenhang festzustellen.

Also weiter. Was gibt es noch. Weißt du, wie Erik und David zueinander standen? Hat dein Kollege da was erzählt?"

Mariana überlegte und meinte:

„Augustus erzählte mir hier nur, was wir ohnehin schon wussten. Die beiden waren in einer Clique und verstanden sich sehr gut. Bis halt zu dem Tag, an dem Ammelie David wegen Erik verlassen hat. Ronja hat scheinbar immer versucht, Erik anzubaggern aber wie gesagt, keinen Erfolg bei ihm und als dann David wieder solo war, hat sie sich an den gehängt. Augustus hat ein paarmal Streit zwischen Erik und David beobachtet. Um was es da ging hat er allerdings nicht mitbekommen. Er vermutete halt, es war wegen Ammelie. War ja naheliegend. Ronja hat sich, laut Augustus auch heftig mit Erik gestritten. Da war sie allerdings schon mit

David zusammen oder besser gesagt, da hat sie ihn sich schon geangelt.

Augustus konnte sich an ein Streitgespräch zwischen David und Erik erinnern.

Jaaa, ….. mensch genau! …… Da ging es darum, dass Erik die Finger von Ronja lassen sollte! Machte bisher keinen Sinn und erschien nicht wichtig, weil wir ja wussten, Erik wollte sowieso nichts von Ronja! Jetzt aber schon! Überleg` doch mal, Ronja war mit Erik im Streit zu beobachten, als sie schon mit David zusammen war. David könnte also der Meinung gewesen sein, Erik wollte vielleicht was von Ronja. Immerhin hat er ihm ja auch Ammelie ausgespannt! Ist nur ´ne Theorie. Kann aber gut sein. Klingt plausibel oder?"

Das war natürlich schon eine Möglichkeit aber einen tatsächlichen Zusammenhang konnte ich da auch nicht herstellen.

„ja, ….. schon aber was denkst du?"

Mariana stand auf und schenkte uns Kaffee nach.

„Ich weiß nicht aber überlege doch. Wenn David so eifersüchtig war auf Erik, weil er ihm ständig die Mädchen ausspannte, hatte er schon ein Motiv, sich an Erik zu rächen."

Das kam mir zu fantastisch vor.

„Ja, schon, Mariana. Aber deswegen gleich Ammelie zu töten und Erik ins Gefängnis zu

128

schicken, scheint mir wirklich sehr weit hergeholt."

„Du hast recht, das klingt zu unwahrscheinlich." Mariana setzte sich wieder.

Ich hatte immer diesen Kevin im Hinterkopf. Wir schmiedeten gerade die komischsten Geschichten zusammen und er blieb irgendwie dabei immer unbeachtet.

„Hör mal. Ich denke gerade über Kevin nach. Irgendwie ist der immer außen vor. Egal was wir uns da gerade zusammenreimen, er kommt nie vor. Fällt dir das auch auf?"

Mariana schaute überrascht hoch, und meinte:

„Stimmt! Der kommt in unseren zurechtgelegten Geschichten kaum vor. Total unauffällig. Wie der früher schon war, irgendwie, oder?"

Ich nahm einen Schluck vom Kaffee und schenkte mir noch ein Glas Sherry ein.

„Lass uns jetzt den mal so richtig durchleuchten. Ist der wirklich so unauffällig? Wir reden ja kaum über den. Was hat Augustus über ihn gesagt? Er wurde sehr wahrscheinlich misshandelt, genau wie seine Mutter. Die wurde nicht nur misshandelt, sondern auch geschlagen. Da können wir eigentlich sicher sein. Das haben wir aus zwei Quellen berichtet bekommen. Theoretisch könnte der doch genauso durchgeknallt gewesen sein, wie

Ronja. Oder besser gesagt, wahrscheinlich immer noch sein. Hat Augustus erwähnt, wo der heute wohnt? Ist der noch zuhause oder weggezogen? Weißt du da was?"

Mariana nahm nochmal einen Schluck Kaffee und schaute mich so über den Tassenrand hinweg an. Ich hab da was völlig außer Acht gelassen, fällt mir gerade ein. Augustus erwähnte, dass Kevin, soweit er sich erinnern konnte, kurz nach dem Abi wohl für mehrere Monate in einer Klinik untergebracht war. Er hat das nur am Rande mitbekommen. Konnte auch nicht sagen, welche Klinik das war. Was, wenn das mit seiner Psyche zu tun hatte. Ich denke, das muss schon fast so gewesen sein. In welcher Klinik ist man denn sonst für mehrere Monate? Vielleicht noch eine Suchtklinik. Das könnte auch noch möglich sein. Wie sollen wir das denn jetzt rausbekommen?"

Im ersten Moment kam mir David's Mom wieder in den Sinn. Sie hätte mir das aber doch sicher erzählt, wenn sie davon gewusst hätte. Sie hatte mir ja gesagt, dass David sehr wenig über sich und seine Freunde preis gab.

„Ich dachte gerade an David's Mutter aber ich glaube nicht, dass die da was weiß, das hätte sie erwähnt. Ich hab sie ja gefragt, was sie von Kevin weiß. Da war das übrigens auch so. Von dem hatte auch sie nicht viel zu erzählen!

Komisch! Tja ….. aber wer bleibt dann noch. Wir haben ja zusätzlich das Problem, dass wir nicht auffallen dürfen. Wenn uns einer von denen verpfeift, die wir da ausquetschen, fliegt uns alles um die Ohren!"

„Schon klar." Mariana gab mir recht, ich merkte aber, dass sie wohl nur teilweise meiner Meinung war.

„Ich glaube, wenn wir weiter kommen wollen, haben wir keine andere Wahl. Ich bin der Meinung, wir sollten zu den Eltern von Kevin fahren. Besser gesagt, du solltest dorthin fahren!"

„Was soll ich denen denn erzählen Mariana! Die kennen mich nicht!"

„Na, also, dann kannst du denen doch auch die Geschichte vom Auswandern auftischen, hör mal! Das hat bei mir geklappt, hat bei David´s Mutter geklappt, also kann das doch auch bei denen klappen, oder nicht? Was soll´s, fällt dir was Besseres ein?"

Mariana hatte schon irgendwie recht. Wir steckten fest, kamen nicht weiter. Die Zeit wurde auch immer knapper. Wer weiß, wie lange Erik sich versteckt halten konnte. Irgendwann würden die ihn mit Sicherheit finden und er musste wieder ins Gefängnis.

„Was machen wir, wenn wir auffliegen? Kann durchaus passieren. Wenn dieser Vater da ist.

Der ist ein Arsch. Ich denke nicht, dass der sich inzwischen geändert hat.So einer ist doch sowieso immer misstrauisch."

Mariana legte mir eine Hand auf die Schulter und versuchte, mich zu ermutigen.

„Die Geschichte mit der Auswanderung ist echt total glaubwürdig, Mona. Ich bin mir sicher, dass da nichts auffallen wird. Wir müssen es einfach versuchen. Denke an Erik und deine Liebe zu ihm."

Im Grunde wusste ich, dass sie recht hatte. Wenn ich Erik nicht helfen konnte, wäre das für mich noch viel schlimmer als hier aufzufliegen.

Kevin Bergens

„Gut, ... spiele ich halt nochmal Miss Marple. Wird schon schief gehen. Angst hab ich ja schon, hilft aber jetzt auch nichts. Wo bekommen wir die Adresse her? Internet?"

Mariana nickte und holte den Laptop. Wenn

wir da nix finden, rufe ich Augustus an."

Es dauerte aber nicht lange und wir hatten die Adresse. Laut Internet war sogar Kevin noch bei seinen Eltern gemeldet. Das stellte nun doch ein Problem dar. Wenn der nämlich zuhause war, konnte ich mit meiner Geschichte nicht aufwarten. Kevin würde vielleicht misstrauisch, weil er mich nicht kannte und auch nie was von mir gehört hat.

„Was, wenn Kevin da ist, das ist riskant?"

Mariana schüttelte den Kopf.

„Selbst, wenn er da ist. Du hattest Kontakt mit David, nicht mit ihm. Es sind so viele Jahre vergangen. Du konntest damals ja ganz anders aussehen. Wenn er misstrauisch wird und nachfragt, machst du halt so auf unschuldig. So, ja halt, weißt schon, von wegen, ich war doch das Mädchen mit der Spange, ganz kurze, struppige Haare, zwei Klassen über euch, ja irgendwie so halt. Warst nicht lange mit ihm befreundet, bist dann ausgewandert. Was soll der da sagen?"

„Na bravo, dein Wort in Gottes Ohr, hey. Ich mach mir jetzt schon in die Hosen!"

Mariana umarmte mich und versuchte mir etwas Angst zu nehmen.

„Du musst immer an Erik denken. Wenn wir nicht schaffen, ihm zu helfen, wird er wieder in den Knast gehen und du wirst viele Jahre nicht mit ihm zusammen sein können! Das wird klappen! Ich bin mir absolut sicher! Schau mal, David´s Mutter hätte doch auch allen Grund gehabt, skeptisch zu sein und du hast es trotzdem geschafft! Komm jetzt, du musst gehen, es hilft nichts." Mariana schob mich langsam aber bestimmt in Richtung Hintertür.

So, das Ganze ging also nochmal von vorne los. Ich machte mich auf den Weg zu der herausgefundenen Adresse. Das Herz schlug mir bis zum Hals während der Fahrt. Ich wusste aber, dass Mariana recht hatte. Von diesem Gespräch konnte sehr viel abhängen und ich musste einen klaren Kopf behalten.

Dort angekommen beobachtete ich das Haus erst mal ein bisschen, konnte aber nicht wirklich irgendwas feststellen. Es brannte auf jeden Fall Licht, da es inzwischen ja schon dämmerte. Es war sicher Jemand zuhause, das stand fest. ´So, ab jetzt, großer Auftritt, kneif die Arschbacken nochmal zusammen und mach dich auf die Socken!`

Ich sprach mir, wie üblich, wieder mal selber Mut zu, stieg aus und ging langsam Richtung Haustür der Bergens. Nervös aber gefasst klingelte ich. Es dauerte nicht lange und die Tür öffnete sich. Da stand eine weißhaarige, völlig eingeschüchtert wirkende Frau, deren Anblick mich erst einmal schon schockierte!

Was hat dieser Mann nur mit seiner Frau gemacht. Man konnte so offensichtlich in ihrem Gesicht lesen, dass sie gepeinigt und gedemütigt wurde über viele Jahre.

Am liebsten hätte ich diese Frau einfach in den Arm genommen. Sie anzusehen rief in mir sofort das Gefühl hervor, sie zu beschützen. Das ging aber nicht und das wusste ich auch. Ich riss mich also zusammen und begann das Gespräch. Ich versuchte, ruhig und mit viel wärme zu sprechen. Ich hoffte, das würde etwas Vertrauen bei der Frau wecken. Wahrscheinlich war das sowieso eine Art zu sprechen, die ihr nicht allzu oft widerfuhr.

„Guten Tag, mein Name ist Mona. Bitte entschuldigen sie, dass ich so hereinplatze aber ich, nun das ist ein wenig kompliziert, …… also ich bin eine frühere Bekannte von David Sönke, ….."

Ich merkte, wie sich die Mine der Frau schlagartig verdunkelte und sie voller Abwehr einen Schritt zurück setzte.

„Ohhhh, nein, nein, bitte, ich will nichts böses! Bitte, hören sie mich an! Ich habe gerade erst erfahren, dass David tot ist und bin völlig schockiert über das, was mir David´s Mutter, Frau Sönke erzählt hat. Ich wollte ihn wiedersehen. Ich war viele Jahre im Ausland. Meine Eltern haben damals kurzfristig einfach so beschlossen auszuwandern. Ich habe David deshalb aus den Augen verloren. Bitte, irgendwas muss passiert sein, dass er sich nie bei mir gemeldet hat. Ich habe das bis heute nicht verstanden. Das war der Grund, warum ich ihn aufsuchen wollte. Jetzt ist er tot. Ich kann das Alles nicht glauben.

Heute bin ich nun hier, weil ich hoffte, dass ihr Sohn, Kevin mir vielleicht weiter helfen könnte. Ich wusste nämlich von David, dass er und Kevin damals befreundet waren!"

Du liebe Zeit, die arme Frau. Ich hab die jetzt so dermaßen bombardiert, die weiß wahrscheinlich gar nicht im Moment, was ihr da grade widerfährt! Ich hatte bloß allem Anschein nach keine andere Wahl, wenn ich nicht wollte, dass sie mir die Tür vor der Nase zuschlug, so wie die auf die Frage nach David reagierte!

„Bitte, Frau Bergens. Ich muss wissen, warum David sich nie wieder bei mir gemeldet hat. Wir hatten uns das versprochen. Ich habe ihm auch viele Briefe geschrieben aber da kam nie etwas zurück. Bis heute weiß ich nicht, warum das so war! Bitte, helfen sie mir.

„Die Frau stand nur da, völlig verstört, den Mund weit offen und machte einen total hilflosen Eindruck. Ich ging einen Schritt auf sie zu und sah ihr flehend in die Augen während ich versuchte ihre Hand zu nehmen, um meinem Flehen noch mehr Kraft zu verleihen. Die Frau sackte in sich zusammen, so als würde gerade der ganze Druck aus ihrem Körper weichen und es schien tatsächlich so als würde sie sich etwas entspannen. Da war nicht mehr der starre Blick und diese absolut steife Körperhaltung. So wie es aussah, konnte ich bei ihr durchdringen mit meinem Versuch, sie um Hilfe zu bitten. Der erste Schritt wäre also geschafft. Nun betete ich inbrünstig, sie würde mich ins Haus bitten. Ich glaube, sie war alleine. Das würde mir natürlich riesig in die Karten spielen. Diese paar Sekunden waren echt die Hölle. Soviel hing davon ab. Wenn ich es nicht schaffte, was aus der Frau raus zu bekommen, würde das wohl das Ende bedeuten, denn sonst konnten w ir niemanden mehr fragen.

„Sie machen mir etwas Angst. Ich bin alleine. Ich weiß nicht, wenn ich sie hereinbitte und mein Mann kommt heim, ….. der duldet keine fremden Personen in unserem Haus!"

Ich viel ihr wieder ins Wort, um zu verhindern, dass sie mir die Tür vor der Nase zuschlug. Frau Bergens, ich bin doch nicht fremd. Ich versuche nur mit Kevin zu sprechen. Ich war doch auf einer Schule mit ihm. Wenn Kevin nicht da ist, könnten Sie mir doch weiter helfen.

Bitte!!"

Die hatte tatsächlich so eine Angst vor ihrem Mann. Ich hab so etwas noch nicht erlebt! Der Gedanke daran, Erik nicht helfen zu können, löste ein derartiges Gefühl der Verzweiflung in mir aus, dass ich scheinbar die Frau überzeugen konnte, denn sie wurde weich.

„Also gut, bitte kommen sie herein, ….. aber nur kurz. Mein Mann soll sie besser nicht sehen!"

Das war die größte Erleichterung, die man sich vorstellen kann! Schnell trat ich ein. Sie durfte sich auf keinen Fall nochmal anders entscheiden. Sie bat mich ins Esszimmer. Dort setzten wir uns. Sie war so ängstlich, dass sie mir nicht mal etwas zu trinken anbot oder abzulegen.

Egal, ich brauchte Informationen! So schnell und so viel es nur ging!

„Frau Bergens, was war mit David damals. Wie gut kannten sich Erik und David. Habe ich vielleicht die Möglichkeit, mit Erik zu sprechen? Da muss doch irgendwas vorgefallen sein, dass er sich nicht mehr gemeldet hat!"

Kevin´s Mutter starrte stur auf den Boden und meinte nur:

„Es tut mir leid, ich kann ihnen wirklich nicht sehr viel dazu sagen. Das damals war alles so,

….. ich weiß nicht, …. wenn mein Mann kommt, ……. er wird mich,……"

Ich nahm wieder ihre Hände und flehte sie an:

„Frau Bergens! Ich sehe doch, dass sie etwas wissen! Ich sehe auch, dass sie irgendwas furchtbar bedrückt! Bitte! So helfen sie mir doch! Was quält sie so sehr!" Verdammt! Ich kam einfach nicht weiter!

Ich kam nicht an diese Frau ran! Was wusste sie nur! Wie konnte ich es nur schaffen, das aus ihr rauszubekommen!

Verzweifelt startete ich einen erneuten Versuch. Ich beschloss kurzer Hand sie jetzt einfach mit der Wahrheit zu konfrontieren. Ich wusste, das konnte gefährlich werden aber ich sah keinen anderen Weg mehr. Ich vermutete auch, dass sie sowieso nichts von alledem ihrem Mann sagen konnte, weil sie bestimmt wieder verprügelt worden wäre.

Frau Bergens, hören sie mir jetzt gut zu. Ich habe nicht die ganze Wahrheit gesagt. Ich bin hier, weil ich glaube, dass Erik Baukers unschuldig im Gefängnis sitzt. Ich weiß auch von dem Mord an Ammelie damals. Ich weiß auch, dass Ronja, das andere Mädchen aus der Clique ermordet wurde und zwar erst vor wenigen Tagen. Haben sie davon gehört!"

Kevin´s Mutter zuckte so erschrocken zusammen, als sie von Ronja´s Tod hörte, …..

sie konnte unmöglich davon gewusst haben. Sie verfiel wieder total in Panik. Rang nach Luft und auch nachWorten.

„Frau Bergens, Kevin war mehrere Monate in einer Klinik! Warum? Was war der Grund?"

Diese Frau war so ein seelisches Wrack, wie ich das wirklich noch nie erlebt habe. Es tat mir so leid, sie so zu bedrängen. Mir war dennoch bewusst, ich hatte nur diese eine Chance, sie zum Reden zu bringen. Reden sie jetzt Frau Bergens! Es kann doch nicht sein, dass ein unschuldiger Mensch sein leben hinter Gittern verbringen muss, weil jemand schweigt! Was auch immer es ist, was sie da verschweigen!"

Ich war mir nun absolut sicher, dass sie etwas sehr wichtiges und auch furchtbares mit sich trug. Warum sonst sollte ein Mensch so sehr leiden, wie sie das tat. Das war nicht nur ihr tyrannischer Mann, unter dem sie litt. Da war mehr! Viel mehr! Wenn sie doch nur reden würde!

„Nochmal Frau Bergens, wenn sie was wissen, müssen sie mir das sagen!"

Die Frau wurde richtiggehend hysterisch. Einen Moment lang dachte ich, sie würde gleich auf mich los gehen. Was ging in ihr vor? Welche Qualen erlitt diese Frau?

„Sie sprang hoch, ihr Blick hatte etwas Furchterregendes, schien wie von einem anderen Stern. Voller Wucht schleuderte sie das Glas, das auf dem Tisch stand zu Boden. In diesem Augenblick dachte ich, sie wollte auf mich losgehen. Das war dann Gott sei dank nicht der Fall. Stattdessen fing sie hysterisch an zu schreien. Ich hatte tatsächlich Angst, jemand könnte uns hören.

„Sie haben doch überhaupt keine Ahnung, was sie da sagen! Wissen sie, was sie da verlangen, verdammt! Das ist mein Sohn! Mein Mann wird mich töten!"

„Was zum Henker wollen sie damit sagen, Frau Bergens? Was ist mit Kevin? Wo ist er? Warum wird ihr Mann sie töten?"

Es wurde immer verworrener und ich versuchte verzweifelt irgendwas Konkretes aus der Frau raus zu holen. Erst einmal suchte ich einen Weg, sie zu beruhigen, was im Moment irgendwie nicht möglich schien, muss ich sagen. Sie war völlig außer sich.

„Kevin ist krank, was wollen sie von ihm! Er weiß nicht was er tut! Er wusste damals nicht, was er getan hat!"

Ich packte sie einfach an den Schultern, dachte, vielleicht ist sie es ja gewohnt auf einen forschen Ton zu reagieren und sie so von ihrer Hysterie zu befreien. Es war einfach zu gefährlich, wenn sie so laut war! Ich musste sie ruhiger bekommen. Sie war ihrem Mann hörig

141

und hat Befehle befolgt. Das versuchte ich jetzt auch. Ich schüttelte sie so kräftig, wie ich nur konnte. Sah ihr entschlossen und kräftig in die Augen. So wollte ich versuchen, sie einzuschüchtern.

„Hören sie jetzt sofort auf, sage ich ihnen!! Ihr Schreien bringt nichts! Aber auch gar nichts!! Wenn sie nicht wollen, dass ich jetzt die Polizei hole, seien sie verdammt nochmal ruhig!!"

Augenblicklich hielt sie inne und starrte mich an. Ich hatte also recht. Es war das Gewohnte Schema und sie reagierte, wie ich erwartet hatte. Ich fragte sie erneut:

„Frau Bergens, Was ist damals passiert? Was wissen sie? Erzählen sie mir das bitte!!"

Langsam fing die Frau an zu sprechen. Allerdings stellte sich schnell heraus, dass nichts im Zusammenhang stand mit meinen Vermutungen.

„Bitte, Mona, ich kann nicht viel sagen. Kevin ist krank. Deshalb musste er ja damals in die Klinik. Er war dort viele Monate. Er wollte das alles nicht. Es war dieses Miststück Ronja! Sie hat ihm den Kopf verdreht. Kevin ist kein schlechter Junge. Dieses Miststück hat den Tod verdient!"

Was war das jetzt? Ronja? Ich konnte das nicht einordnen.

„Aber, Frau Bergens, Ronja ist tot! Was soll sie also getan haben? Wer hat sie ermordet?! Sprechen sie!!"

In dem Moment war eine Autotür zu hören. .....

Scheiße! Ihr Mann kam nachhause! Das war doch einfach alles Mist! Ich versuchte nochmal zu fragen aber sie blockte sofort ab.

„Sie müssen gehen! Sofort! Kein Wort zu meinem Mann! Gehen sie!"

Da stand er auch schon in der Tür. Ein fürchterlich unsympathischer Mann, dem es ins Gesicht geschrieben stand, ein Tyrann zu sein.

Ich besann mich darauf, dass ich eine Visitenkarte von mir in der Jackentasche hatte. Ich brauchte nur eine Möglichkeit, ihr die unbemerkt zuzustecken.

„Guten Abend, darf ich fragen, wer sie sind und was sie in unserem Haus zu suchen haben?"

Die Stimme dieses Typen war ebenso unangenehm, wie sein Auftreten. Ehe ich antworten konnte, ergriff Kevin´s Mutter auch schon hastig das Wort.

„Das ist Mona, eine alte Freundin von Kevin. Sie hatte gehofft, ihn hier anzutreffen. Aber sie wollte gerade gehen, mach dir keinen Kopf!

„Was wollen sie von meinem Sohn? Er ist nicht zu sprechen. Also verlassen sie mein Haus, zügig!"

Wieder ergriff Kevin's Mutter das Wort.

„Sie wollte ohnehin gerade gehen."

Sie schob mich regelrecht zur Haustür.

Also auf wiedersehen, vielen Dank für ihren Besuch. Es tut mir leid, dass ich ihnen nicht weiterhelfen konnte!"

Sie sprach sehr deutlich, um sicher zu gehen, dass ihr Mann hörte, was sie sagte. Ich merkte, dass ich keine Chance hatte, noch was zu erfahren und ging darauf ein. Ich gab ihr die Hand, hielt allerdings die Visitenkarte versteckt in der Handinnenfläche, so war sie gezwungen, die zu übernehmen, wenn sie nicht wollte, dass sie auf den Boden fiel.Sie sah mich nur an und flüsterte:

„Gehen sie jetzt, machen sie schon!"

Ich bemerkte ihren Mann am Fenster. Der Arsch beobachtete mich genau. So unauffällig wie möglich ging ich also zum Auto. Aus den Augenwinkeln sah ich, wie er bereits das Handy in der Hand hatte und filmte. Es war also klar. Er würde definitiv meine Autonummer aufnehmen und unter Umständen schnell wissen, wer ich war. Besser gesagt, wer ich nicht war. Verdammt, was wenn er bei der Polizei nachfragte?

Obwohl, …. den Gedanken verwarf ich gleich wieder. Wenn nämlich jetzt eins sicher war, dann die Tatsache, dass die irgendwas mit der ganzen Geschichte zu tun hatten!!!

Augustus Jordan

Ich fuhr so ruhig es nur ging in meiner Aufregung um die Ecke, bis ich sicher sein konnte, der würde nichts mehr sehen. Was war das denn!! Ich gab Gas und versuchte sofort vom Auto aus Mariana anzurufen. Es stand fest, dass ich nicht mehr nachhause konnte. Dieser Typ würde mich dort finden. Da war ich mir sicher.

Oh Gott! Was, wenn der mir nachfährt. Da hab ich jetzt überhaupt nicht aufgepasst! Ich weiß nicht mal, was der für ein Auto fährt! Himmel, keine Ahnung!

„Ja, Mona, hast du was erreicht?"

Mariana war inzwischen ran gegangen. Ich versuchte hastig, alles zu erklären. Wir mussten schnellstens eine Lösung finden.

„Mariana, ich glaub jetzt gibt's Probleme. Ich bin aufgeflogen, denke ich. Die hängen da hundertprozentig mit drin. Ich kann nicht sicher sagen ob mich der Typ verfolgt. Was soll ich tun? Ich kann auf keinen Fall zu mir fahren und wenn ich zu dir komm, kann sein, dass der uns beide findet. Der kennt dich garantiert noch!"

Mariana hat nun auch ihre Ruhe verloren, wie ich am Telefon bemerkte.

„Das ist nicht gut, gar nicht gut. O.K.,…..was tun wir, …… was, ….. was, …… wir, ….. gut, pass auf. Du parkst so schnell es geht dein Auto in der Nähe einer Bushaltestelle. Steig in den Bus. Fahre mit dem Bus in Richtung Augustus` Wohnung. Ich schicke dir gleich die Adresse. Steig aber zwei Haltestellen vorher aus. Dort hol ich dich dann ab. Schreibe mir genau, wo du dich befindest. Augustus wohnt in der Fußgängerzone. Dort gibt's keine öffentlichen Parkplätze und mit dem Auto kommt man nicht rein. Achte darauf ob dir ein Auto auffällt, das dir folgt. Oder dann auch dem Bus!"

Das klang nach'nem Plan. Zumindest einigermaßen.

„Gut, ich leg auf und gebe dir dann durch, wo ich mich befinde!"

Ich habe schon während ich telefonierte immer wieder in den Rückspiegel geschaut ob mich jemand verfolgt, konnte aber bisher nichts bemerken. Mein Herz pochte bis zum Hals. Ich hatte echt Probleme, mich zu konzentrieren. `Himmel, bleib ruhig! Bloß aufpassen jetzt! Schau auf die Straße. Du kannst dir keinen Unfall leisten!`

Ich versuchte mich zu sammeln und auf die Straße zu achten, um nicht auch noch die Bushaltestelle zu übersehen. Hoffentlich gab es da die Möglichkeit zu parken. Ahh, da vorne, ….. ja, …… und zum Glück gab´s auch Parkplätze! Schnell suchte ich mir eine Parklücke, packte meine Sachen, sperrte den Wagen zu und studierte den Fahrplan. Die Adresse von Augustus hatte ich inzwischen bekommen. Ich bete, dass der uns das nicht übel nahm und wir dem wirklich so vertrauen konnten, wie Mariana das behauptete! Sonst konnten wir nämlich einpacken. Soviel stand fest!

Da, …… der Bus. Ich stieg ein, zahlte und setzte mich. Schnell schrieb ich eine Nachricht an Mariana und teilte ihr mit, an welcher Haltestelle ich ausstieg.

Eine kurze Antwort kam von ihr:

„Mache mich auf den Weg. Hat dich Jemand verfolgt?"

Ich schaute mich nochmal um zur Sicherheit. Ich konnte keinen entdecken. Stopp!! Das Auto da hinten!! Ich war mir nicht sicher, glaubte aber, diesen verrückten Vater erkannt zu

haben. Mist!!! Was soll ich jetzt tun!? Ich schrieb
Mariana:

„Ich glaube ja! Was soll ich jetzt tun?"

Mariana rief mich an:

„Keine Ahnung. Konfrontiere ihn. Zeig ihm,
dass du ihn gesehen hast. Ich hab sonst keine
Idee. Vielleicht schreckt ihn das ab. Er kann
dich ja nicht verfolgen, wenn er weiß, dass du
ihn bemerkt hast. Versuch es einfach!"

Sie hatte recht. Ich musste es versuchen. Mir
viel sonst auch nichts anderes ein. Ich drehte
mich also um - ich saß ja ohnehin auf der
hinteren Bank - und winkte ihm zu. Er hat auch
sofort bemerkt, dass er gemeint war. Ich hielt
die Luft an vor Nervosität und auch vor Angst.

`Bitte dreh ab, du Idiot! Lass mich in Ruhe,
Mann!` Ich hatte echt das Gefühl, mir würde
das Herz gleich durch den Kopf springen, so
pochte das! Da! Er bog ab!

Ohhgottohhhgottohhgott, war ich froh!

Ich sank in den Sitz und holte erst mal tief Luft.
`Glaube er ist weg,` schrieb ich Mariana. Immer
wieder drehte ich mich um, um mich zu
vergewissern, dass er mich nicht weiter
verfolgte. `Bin gleich da,` schrieb ich weiter.
Nur ein paar Augenblicke, dann war ich da. Ich
war einfach nur noch froh, wenn ich endlich in
Sicherheit war. Inzwischen war es stockdunkel,
ich hatte hunger und war müde. Hoffentlich

hatte dieser Augustus was zu essen und einen starken Kaffee. So, da war ich. Vom Fenster aus konnte ich Mariana schon sehen. Ich winkte ihr zu. Der Bus hielt und ich stieg aus. Endlich. Noch ein paar Schritte zu Fuß und es war geschafft. Ich viel Mariana regelrecht um den Hals.

„Komm," sagte sie, „wir müssen gehen. Augustus wartet schon auf uns. Gleich sind wir in Sicherheit. Hast du nochmal was bemerkt?"

„Nein, es hat geklappt. Hoffentlich gibt er jetzt Ruhe. Ehrlich gesagt glaube ich das eher nicht. Das heißt, wir müssen schnell sein!"

Mariana hängte mir ein großes Tuch um.

„Hier, damit kannst du dich etwas bedecken. So bist du nicht sofort zu erkennen. Für den Fall der Fälle…..."

Sie führte mich durch die kleinsten Seitengassen und über Treppen, quer durch die Innenstadt hatte ich das Gefühl. Wir waren aber wirklich schnell da. Mariana klingelte und ich konnte auch schon Augustus´ Stimme hören.

„Mariana? Kommt rein, ich öffne."

Schnell liefen wir nach oben. Ich drehte mich nochmal kurz um, um mich zu vergewissern, dass der Typ nicht da war. Die Wohnung war im dritten Stock. Die Tür stand bereits offen und wir traten ein. Augustus stand an der

Garderobe und wartete schon auf uns.

„Kommt, legt erst einmal ab und tretet ein. Ich hab schon Kaffee vorbereitet und etwas zu essen. Da könnt ihr euch beruhigen und stärken. Das wird euch jetzt gut tun."

Augustus war ein stattlicher, sehr attraktiver Mann in Marianas Alter, denke ich. Die beiden würde echt gut zusammenpassen, dachte ich so bei mir und folgte den beiden ins Esszimmer. Dort war schon für uns gedeckt. Auch der heiß ersehnte Kaffee stand da und er roch soooo hervorragend!

„Also, ich möchte mich erst einmal vorstellen. Ich bin Mona, bitte nennen sie mich einfach beim Vornamen. Ich danke ihnen vielmals, dass sie uns unterstützen und wir zu ihnen kommen durften. Dann auch noch ihre Gastfreundschaft, das ist wirklich außerordentlich freundlich von ihnen."

„Nun, dann nennst du mich aber auch einfach Augustus. Bitte setzt euch, ihr müsst euch stärken und beruhigen. Dann können wir beraten, wie es weitergehen soll. Ich werde euch in jedem Fall unterstützen."

Er schenkte Kaffee für uns ein, während er sprach und legte, ohne zu fragen, ordentlich Fleisch und Beilagen auf unsere Teller. Irgendwie total lieb. Wie meine Mutter früher. Ich fühlte mich hier sofort wohl und das tat richtig gut. Ich glaube, Augustus hat das bemerkt und schmunzelte ganz leicht vor sich hin, während er mich aus den Augenwinkeln beobachtete. Ich nahm einen Schluck Kaffee und begann zu essen. Ohh Gott, war das lecker! Ich schloss die Augen und genoss jeden einzelnen Bissen. Mariana und Augustus lachten.

„Sag mal, Kind, wie lange hast du schon nichts mehr zu essen bekommen," fragte mich Mariana amüsiert.

„Ohhh, sorry. Tut mir leid. Ich hab sooo Kohldampf und das scheckt soo lecker. Ich hab in den letzten Tagen wirklich nicht viel gegessen. `Ne Stulle zwischendurch mal, mehr war nicht drin. Das Ganze nagt wirklich ganz schön an mir. Aber was soll ich tun, ich kann nicht anders."

Die beiden schauten sich an und Augustus nickte.

„Du hattest recht Mariana, sie ist ein außergewöhnliches Mädchen. Man muss sie mögen und man kann ihr auch in jedem Fall vertrauen."

Während diese Worte dafür sorgten, dass ich feuerrot anlief vor Scham, meinte Mariana:

„Na, sag´ ich doch. Sie ist wundervoll."

„Jetzt hört aber auf, mir ist das schon richtig peinlich."

Die beiden lachten und ich lachte dann einfach auch mit. Was sollte ich sagen.

Augustus legte das Besteck ab und legte mir nochmal ordentlich was nach. Ich hielt mich brav still. Ich hätte nämlich ein ganzes Schwein verschlingen können, so hungrig war ich.

„Danke, bitte entschuldigt, dass ich so rein haue aber ich sterbe vor hunger!"

Mariana und Augustus waren bereits fertig aber das hielt mich nicht davon ab, den Nachschlag auch noch ganz zu verdrücken.

„Das war mal richtig, richtig lecker, Augustus. Du bist ein hervorragender Koch. Vielen Dank dafür. Ich hab jetzt wieder so richtig Kraft. Wir müssen, glaube ich auch weiter machen, sonst holt uns die ganze Geschichte ein. Wir können nicht wissen, was dieser kranke Typ vorhat. Ich muss nur erst mal versuchen, das alles zu verstehen, was da vorgefallen ist. Diese Frau, …… ich habe so etwas noch nicht gesehen. Die hatte so eine Angst vor ihrem eigenen Mann, das könnt ihr euch gar nicht vorstellen. Es hat ewig gedauert, sie davon zu überzeugen, mich ins Haus zulassen. Auch im Haus war es dann schwierig, was Brauchbares aus ihr raus zu bekommen. Sie redete immer irgendwelches wirres Zeug.

Kevin war also lange Zeit in der Klinik. Sie sagte nicht, wieso. Sie betonte immer nur, dass

Kevin krank sei und dass er nichts dafür könnte. Während ihrer, na ja,   Ausbrüche, möchte ich das fast nennen, hat sie immer wieder betont, dass Kevin nicht schuld wäre. Sie schrie mich an, dass ich doch keine Ahnung hätte, was ich da von ihr verlange und dass ihr Mann sie töten würde, wenn sie was sagen würde. Immer und immer wieder schrie sie, Kevin hätte nicht gewusst, was er getan hat. Ich kann gar nicht beschreiben, was da abging mit dieser Frau.

Ich habe sie dann irgendwann mit der Wahrheit konfrontiert, weil ich keine Chance hatte, weiter zu kommen. Ich fragte sie also auch nach dem Tod von Ronja und ob sie davon wüsste. Da meinte sie, dieses Miststück, so nannte sie sie, sei an Allem schuld. ….. Moment, wie war das genau, …… es war nicht Kevin, er wollte das alles nicht, es war dieses Miststück Ronja. Sie hat ihm den Kopf verdreht. Sie hat den Tod verdient……. Ja genau, das waren ihre Worte!

Wobei ich sagen muss, dass sie mit absoluter Sicherheit nicht von Ronja´s Tod gewusst hat. Das hat ihre Reaktion gezeigt, als ich ihr das erzählt habe. Mehr konnte ich nicht erfahren. Das war unmöglich. Vor allem kam dann ja auch schon dieser Idiot von Ehemann. Mir war sofort klar, was die Frau sagen wollte. Diesem

Menschen steht regelrecht ins Gesicht geschrieben, dass er ein Tyrann ist. Sogar ich hatte Angst. Ich hab ihr noch eine Visitenkarte in die Hand gedrückt beim Abschied, glaube aber nicht, dass sie sich meldet. Es sei denn, ich habe es geschafft, ihr Gewissen wach zu rütteln. Und selbst dann ist es fraglich ob sie diesem Tyrannen entkommen kann oder ob sie sich das überhaupt traut. Schlimm, ….. ich bin immer noch fassungslos. Was ich da erlebt habe, ist nicht zu beschreiben. Diese Frau schleppt seit all den Jahren ein furchtbares Geheimnis mit sich herum und kann mit niemandem darüber sprechen. Schon schlimm genug, wenn ein Mensch so gepeinigt und geschlagen wird aber dann auch noch einen kranken Sohn, der, wenn ich recht habe mit meiner Vermutung, ein Mörder ist…...

Ich meine, stellt euch das mal vor, die kann ihren Sohn doch nicht als Mörder beschuldigen und der Polizei ausliefern. Könntet ihr das? Ist ja nicht nur die Tatsache, dass man seinen Sohn verrät. Da ist ja noch dieser Tyrann, der ihr droht, sie zu töten, wenn ich das richtig verstanden habe. Was soll die denn tun? Wir müssen der helfen. Wenn wir beweisen können, dass Kevin der Mörder ist, müssen wir die Frau da raus holen! Der bringt die sonst um….."

Augustus und Mariana hörten bis dahin aufmerksam zu. Dann fiel mir Augustus ins Wort. Langsam Mona, du überschlägst dich gerade. Lass uns jetzt Stück für Stück darüber reden, was wir alles haben. Ich kenne ja nicht alle Details. Nur, was mir Mariana kurz geschildert hat. Du denkst also inzwischen, dass Kevin der Mörder ist von allen dreien oder was?"

Mariana klinkte sich ein und meinte:

„Augustus hat recht, Mona, wir müssen ihn richtig ins Bild setzen, sonst kann er nicht folgen."

Stimmt, wenn wir wollten, dass Augustus uns half, mussten wir ihm alles von Anfang an erzählen. Er musste alle Details wissen.

„Gut," meinte Augustus, „ich weiß, dass Ammelie damals getötet wurde und dass David seit einem Autounfall vermisst wird. Wobei man sicher ist, dass er das nicht überleben konnte. Er wird also tot sein."

Eine andere Sicht der Dinge

„O.k., es fing damit an, dass diese Ronja bei mir zuhause auftauchte, nachdem sie mich am Tag vorher schon verfolgte. Sie drohte mir, ich solle die Finger von Erik lassen. Am nächsten Tag war sie tot. Ebenfalls ermordet. Bei meinen Recherchen im Internet fand ich dann die Zusammenhänge und die nötigen Adressen. So kam ich auch zu Mariana. Ich war dann bei David's Mutter. Da erfuhren wir zwar viele einzelne Dinge aber nichts passte zusammen. Allerdings stand da schon fest, dass Ronja irgendwas mit der Sache zu tun haben könnte. Bis dahin konnten wir aber auch nicht ausschließen, dass David Ammelie umgebracht und Erik absichtlich ins Gefängnis gebracht hatte. Immerhin gab es das Motiv Eifersucht. Wir konnten uns aber auch da nicht erklären, warum Ronja nun tot war. Ebenso wenig passte Ronja's Tod zu dem Mord an Ammelie, wenn sie nun selbst ermordet worden war. Das war dann der Zeitpunkt, ab dem wir beschlossen, dass Mariana dich aufsuchen sollte und ich die

Eltern von Kevin. Wir wussten, Ronja hatte irgendwas mit Kevin zu tun. Allerdings waren sie nie ein Paar. Wir wussten auch , dass Kevin wohl auch von seinem Vater misshandelt wurde und seine Mutter geschlagen. Wie sehr ihn das jedoch geprägt hat, konnten wir bis dahin auch nicht sagen. Wir hatten nur Hinweise und Vermutungen aber keinerlei konkrete Anhaltspunkte, geschweige denn irgendwelche Beweise."

Augustus überlegte ein wenig und versuchte dann zu folgen:

„Gut, erst wird Ammelie umgebracht, Erik geht dafür ins Gefängnis. Dann verschwindet David nach einem schweren Autounfall. Die Leiche wird nie gefunden, man geht aber davon aus dass er tot ist.

Dann flüchtet Erik aus dem Gefängnis, wie ich von Mariana weiß und er begegnet dir. Du verliebst dich und bist von seiner Unschuld überzeugt. Wie wir zwei auch. Du wirst verfolgt, …. Moment, wann genau wurdest du verfolgt?"

„Als ich aus der U-Bahn stieg und nach hause ging."

„Von einer Frau, die, wie sich am nächsten Tag herausstellte, Ronja sein musste. Sie droht dir und kurze Zeit später ist auch sie tot. Bis dahin bringt niemand die Morde, wenn das von

157

David einer war, das wissen wir nicht sicher, in Verbindung. Du glaubst aber es gibt eine Verbindung auf Grund der Drohung von Ronja, was ja auch logisch erscheint. Warum sollte sie dir nach so vielen Jahren drohen, wenn das nicht was mit damals zu tun hatte. Also Drohung war es ja eigentlich keine, wohl eher eine Warnung. Der einzige, der bis dahin nicht in dem „Spiel" nenn ich das mal vorkommt, ist tatsächlich Kevin."

„Ja, bis heute."

Ich spreche so vor mich hin, weil mir die Zusammenfassung von Augustus nochmal durch den Kopf ging. Schon komisch, wenn er das jetzt im Nachhinein so mal eben zusammenfasste, erschien das alles ja gar nicht so durcheinander. Na, aber Beweise hatten wir ja trotzdem noch keine.

„Ich meine, seit dem Besuch bei denen ist klar, dass Kevin beteiligt war. Die Frage ist nur, in wie weit. Klar ist nämlich auch, dass Ronja genauso damit zu tun hatte. Kevin´s Mutter sagte, sie habe ihm den Kopf verdreht. Also, da muss was gewesen sein."

Mariana nickt und meint:

„Ja, sehe ich auch so. Auf alle Fälle muss Kevin mehr für sie empfunden haben. Wir hatten diesen Gedanken zwischendurch auch schon mal, fanden aber keine Anhaltspunkte. Wir haben das immer im Zusammenhang mit Ronja gesehen. Da stand ja halt fest, dass die mit ihm nichts am Hut hatte. Was, wenn ich dir sage, dass das auch so war. Sie hatte mit ihm nichts am Hut. Aber er mit ihr! Denkt nach! Kevin wurde immer unterdrückt. Ich glaube Ronja hat das auch mit ihm gemacht. Er war ihr hörig! Hundert pro!"

Augustus schenkte uns Kaffee nach und stellte ein paar Kekse auf den Tisch.„Hier, Nervennahrung." Er schob sich gleich mal einen in den Mund. „Lecker, nehmt euch, wir haben noch lange zu tun. Ich denke, du hast recht, Mariana. Allerdings erklärt das die Geschichte mit David nicht. Das passt immer noch nicht wirklich. Laut den Worten von Kevins Mutter können wir davon ausgehen, dass Kevin Ammelie getötet hat oder?"

Das war gerade ein eigenartiges Gefühl. Zum ersten Mal hatten wir eine Aussage getätigt, die Hand und Fuß hatte, im Vergleich zu all den wirren Hinweisen, die wir zusammen getragen hatten in der ganzen Zeit. Kevin muss Ammelie getötet haben.

„Ja aber wo ist da Ronjas Part gewesen. Kevins Mutter sagte, Ronja wäre schuld gewesen und Kevin hätte nichts dafür gekonnt. Was wollte Kevin von Ammelie. Wie hängt das Ganze zusammen. Und weiter, was ist mit David passiert oder besser, warum musste David weg? Oder hat dessen Tod vielleicht doch nichts mit der restlichen Geschichte zu tun. Aber gibt es solche Zufälle? Toll, jetzt wissen wir, wer Ammelie umgebracht hat aber nicht warum er das getan hat. Und wir wissen auch nicht, was mit den anderen passiert ist oder warum das mit den anderen passiert ist."

„Ha, das ist es. Ich glaube, wir überlegen falsch. Wir fragen immer danach, was mit den anderen passiert ist. Lass uns mal genauer darüber nachdenken, warum die tot sein könnten. Wir wissen, Kevin hat Ammelie getötet. Warum musste sie sterben? Ronja war beteiligt, das wissen wir auch. So! Ronja war in Erik verliebt. Kevin in Ronja. Nicht nur verliebt, er war ihr hörig! Ich sage euch, er hat Ammelie **für** Ronja getötet.

Sie hat ihn dazu gebracht, das Mädchen zu erschießen. Hundertpro! Kevin ist krank im Kopf. Wenn die dem verspricht, mit ihm zu schlafen, sehr wohl mit dem Wissen, dass er verrückt nach ihr ist, ja geradezu besessen von ihr! Ich schwöre euch, das ist das WARUM! So hatte Ronja ihre Rache ohne sich die Finger schmutzig zu machen! Ammelie musste sterben und Erik ins Gefängnis, dafür, dass er Ronja nicht haben wollte! Zwei Fliegen mit einer Klappe oder sollte ich sagen, drei! Immerhin hatte sie Kevin damit an sich gebunden. Ab da konnte sie mit ihm machen, was sie wollte. Sie hatte ihn ja in der Hand, konnte ihn erpressen. Himmel, zwei kranke Persönlichkeiten, die sich gefunden haben. Das ist wie ein Pulverfass!"

Beide hingen wir gerade an Augustus' Lippen. Es war absolut plausibel, was er da sagte. Augustus hatte eine ganz andere Art an die Dinge heranzugehen. Er war neutraler als wir das waren.

Wir, besonders ich, hatten ein paar echt harte Tage hinter uns und konnten nicht mehr so klar denken. Da war Augustus nun echt eine große Hilfe. Mariana sprang hoch und gab ihm einen fetten Kuss auf die Wange. Süß war das! Augustus zog eine leichte Röte über die Wangen und war ein wenig beschämt. In dem Moment bemerkte ich, dass er schon in Mariana verliebt war. Ich glaube, das ist Mariana noch gar nicht aufgefallen. Wenn das alles vorbei war musste ich da ein bisschen nachhelfen. Das war mir klar. Die beiden waren ein nettes Paar, da musste auf jeden Fall nachgeholfen werden.

Mariana setzte sich wieder.

„Das kann wirklich gut möglich sein, Augustus. So haben wir das noch gar nicht gesehen. Du betrachtest die Dinge von einer ganz anderen Seite. Gut, steht also fest, Kevin

hat Ammelie getötet, Ronja hat ihn dazu gebracht mit irgendwelchen Versprechungen. Kann passen. Aber was ist mit David? Da ist immer noch kein Zusammenhang zu finden."
Augustus schaltet sich erneut ein:
„Na, probieren wir doch auch im Zusammenhang mit David das Warum zu betrachten. Dieser ganze Beziehungswirrwarr, wie war der noch. Also, wie fing es an. Wer war zuerst und mit wem zusammen? Ammelie mit David oder Ronja mit David?"
Mir fiel das Bild wieder ein, das ich im Internet gefunden habe. Schnell holte ich die Blätter raus, die ich ausgedruckt hatte und suchte danach.
„Ha, da ist es! Hier, das Bild. Das beweist, dass Ronja während der Zeit mit David zusammen war als Erik mit Ammelie ging! Das heißt, das erste Paar waren damals David und Ammelie! Wahnsinn, schaut euch mal das Bild genauer an. Es ist nicht zu glauben, dass Ronja diesen David nur benutzt hat. Die sieht so verliebt aus auf dem Bild. Keiner würde annehmen, dass sie ihn nur benutzte. Denkt ihr wirklich, wir sind auf der richtigen Fährte?"
Augustus schaute nachdenklich auf das Bild:
„Es gibt nur diese eine, Mona. Wir haben nichts anderes in der Hand momentan. Ich glaube auch, dass Ronja so krank war, sich alles

162

einreden zu können. Wir wissen inzwischen, dass sie bereit war, über Leichen zu gehen und Menschen zu zerstören, die nicht nach ihrer Pfeife tanzten. Ich meine auch, dass der Blick von ihr auf dem Bild schon auch anders interpretiert werden kann, bei genauerem Hinsehen. Schaut auf ihre Augenwinkel, nicht nur auf den Mund und ihr Lachen."

„Du hast recht, Augustus. Von Weitem sieht das aus, wie Verliebtsein. Betrachtet man das Bild genauer und etwas näher, kann das durchaus anders gedeutet werden. Vor allem, wenn man weiß, dass sie wahnsinnig war!"

„ Sehr wohl, also, …. nochmal, …. Ammelie zuerst mit David. Dann verließ Ammelie David wegen Erik. Dann schnappt Ronja sich David. Ronja ist aber von Anfang an von Erik besessen und wenn wir richtig liegen, ist Kevin von Anfang an auf Ronja fixiert. Wahrscheinlich genauso besessen von ihr, wie sie von Erik!"

Wieder hatte Augustus eine viel pragmatischere Art, die Dinge zu sehen. Mir wurde in dem Moment erst so richtig bewusst, wie krank das alles war.

„Heilige Scheiße! Was für ein Wahnsinn! Was für eine kranke Scheiße, hey! Ich kann nicht glauben, dass das alles wahr ist! Was, wenn wir uns wirklich total in diesen fantastischen Geschichten verrennen!?"

163

Ich zweifelte gerade wirklich an diesen ganzen wahnwitzigen Feststellungen und Mariana war auch damit beschäftigt, die ganzen Dinge irgendwie zu verarbeiten oder einzuordnen. Keine Ahnung, wie ich das bezeichnen sollte.

Da waren Minuten Stille, jeder kämpfte gerade mit seinen Gedanken und versuchte mit denen klar zu kommen. Das war richtig zu merken. Mariana brach dann schließlich das Schweigen.

„Ich weiß auch nicht, ich habe auch gerade richtig zu kämpfen mit den ganzen Geschichten. Irgendwie möchte mein Kopf, mein Verstand sich weigern, das alles wirklich zu glauben. Das ist alles so irreal, tatsächlich wie in einer Horrorgeschichte oder so! Es ist aber nun mal Tatsache, dass diese Liebesgeschichten sich so zugetragen haben.

Es ist auch Tatsache, dass Kevin´s Mutter bestätigt hat, dass es einen Mord gab. Es ist auch Tatsache, dass Ronja bei dir war. Das alles ist passiert und bestätigt und bekräftigt unsere Vermutungen. Diese Vermutungen mögen irreal sein aber es steht fest, dass sie wahr sind!"

Augustus streichelte ganz furchtbar liebevoll über Mariana´s Hand und ich musste, trotz der angespannten Lage richtig schmunzeln, weil das so süß war. Da ging noch was, dafür musste ich sorgen, wenn das von alleine nicht klappen sollte, dachte ich so für mich.

„Du hast recht, meine Liebe. So schrecklich das alles klingen mag, es ist reell. Wir müssen nun raus finden, welchen Part David in der Geschichte hat! Wie gesagt, das Warum. Warum geschah dieser Unfall. Warum verschwand David´s Leiche. War der Unfall wirklich ein Unfall und das Verschwinden der Leiche hatte einen ganz anderen Grund? Oder war das auch ein Mord, der mit der ganzen alten Geschichte zu tun hatte. Immerhin sind bis zu dem Unfall einige Jahre vergangen. Wir müssen den Zusammenhang finden, um dann gezielt nach Beweisen suchen zu können!"

Augustus hatte wieder recht. Wir mussten vorwärts kommen. Sicher nahm die Geschichte Gestalt an aber wir hatten nach wie vor keine konkreten Beweise und es war bald schon wieder ein Tag vergangen. Die Zeit verging, wie im Fluge und wir hingen immer noch fest. Während ich noch immer in Gedanken war, klingelte plötzlich mein Handy.

Klara Bergens in großer Gefahr

Ich zuckte zusammen und bemerkte, dass auch Mariana und Augustus zuckten. Ich holte das Handy aus meiner Tasche, die neben mir auf einem Tischchen lag.

„Wer, um Himmels willen kann das jetzt noch sein? Ich erwarte keinen Anruf. Ich kenne auch diese Nummer nicht."

Ich gab den beiden ein Zeichen, sich still zu verhalten, während mich, ohne es erklären zu können, ein unbehagliches Gefühl überkam. Ich ging ran und eine völlig verängstigte Stimme, die ich im ersten Moment nicht zuordnen konnte, schrie flehend ins Telefon:

„Bitte! ….. Helfen sie mir! ….. Er bringt mich um!! ……. Bitte! ….. So helfen sie mir doch!!!"

Ich wusste im ersten Moment gar nicht, was hier geschah und versuchte, die Stimme zuzuordnen.

Zugleich ergriff mich eine leichte Panik. Die Lage war ernst, soviel stand fest und ich wollte auf keinen Fall, dass da jetzt jemand sterben muss! Tausend Dinge gingen mir durch den

Kopf! Ich versuchte, mich zu konzentrieren. Mariana und Augustus hatten auch schon bemerkt, dass was nicht stimmte. Augustus gab mir geistesgegenwärtig ein Zeichen, ich solle auf laut stellen. Gute Idee, so konnten die zwei mich unterstützen. Während ich auf laut stellte, wurde mir klar, wer das war am anderen Ende. Nervös gab ich den beiden ein Zeichen, sie sollen mir was zum Schreiben zurecht legen. Augustus holte in Windeseile Block und Stift. Das Alles geschah in Sekundenschnelle. Beide schauten mich aufgeregt an, während ich auch schon versuchte die Frau zu beruhigen. Ich wusste, es war Frau Bergens, Kevin´s Mutter.

„Frau Bergens, so beruhigen sie sich doch! Was ist geschehen? Wo sind sie?"

Wir standen inzwischen alle drei im Raum und bewegten uns aufgeregt zwischen Tisch und Küchenzeile hin und her. Keiner konnte still halten, keiner wusste seine Unruhe zu beherrschen. Jeder rang irgendwie nach Fassung. Wir waren uns alle drei darüber im Klaren, dass es hier tatsächlich um Leben und Tod ging und dass nur wir das jetzt verhindern konnten. Welch unfassbare Lage, die uns da beherrschte. Während ich immer noch damit beschäftigt war, mich zu fassen, flehte die Frau:

„Er verfolgt mich! Ich bin geflohen! Er hat mich geschlagen! Immer und immer wieder! Wollte

167

wissen, was sie bei mir wollten! Was sie von
Kevin wollten! Bitte! …. Wenn er mich findet,
bringt er mich um! Ich habe solche Schmerzen!!
Ich kann nicht mehr! So helfen sie mir doch!!"
Augustus hatte sich inzwischen im Griff und
riss mir geistesgegenwärtig den Hörer aus der
Hand. Seine Stimme war ohnehin sehr
angenehm tief und beruhigend, das kam ihm
jetzt zugute und auch Frau Bergens.
„Frau Bergens, sie müssen sich jetzt beruhigen.
Wie heißen sie mit Vornamen? Ganz ruhig, ….
also ….. wie ist dein Name?"
Es war verblüffend, seine Art zu sprechen
beruhigte auch uns automatisch. Wie gut, dass
wir ihn hatten!
„Klara," ein paar Schluchzer waren zu hören
und man spürte, dass auch sie sich beruhigte.
„Ich heiße Klara."
Ihre Stimme klang jämmerlich und völlig
kraftlos. Augustus sprach weiter und
augenblicklich war zu spüren, dass sich jeder
ein wenig entspannen konnte bei seiner Art zu
sprechen. Wahnsinn!
„Hör zu Klara, sage mir jetzt ganz genau, wo
du dich befindest. Nur so können wir dir
helfen. Ich werde kommen und dich holen. Es
wird dir nichts passieren! Ich verspreche es
dir!"

„Ich bin mit dem Bus gefahren, …… in die Stadt, …… ich weiß nicht, ….. ich habe gesehen, dass er mich verfolgt hat, …… mit dem Auto, ….. hinter dem Bus! Ich, ich, …….. an einer Stelle, wo er nicht stehen bleiben konnte, bin ich einfach ausgestiegen und gelaufen, ….. einfach gelaufen, ….. ich weiß nicht genau! ….. Ich weiß nicht, wo er jetzt ist. Ich habe mich hinter einer Mülltonne versteckt, …… mir ist so kalt!"

Augustus gab Marirana ein Zeichen, sie solle eine warme Jacke und eine Mütze suchen gehen bei ihm im Schlafzimmer. Er flüsterte ihr nebenbei zu. „Man soll sie nicht erkennen." Mariana nickte und ging nach nebenan. Zeitgleich sprach er weiter mit Klara. Er war völlig bei sich, hatte inzwischen die Situation völlig unter Kontrolle. Und wieder war ich heilfroh, dass er da war!

„O.K. Klara, atme tief und gleichmäßig, das wird dir etwas helfen. Dann sieh dich um, was kannst du erkennen. Schildere mir alles genau. Ich denke du bist irgendwo in der Stadt und gar nicht weit von meiner Wohnung entfernt."

„Lichter, Geschäfte. Ich sehe hinter der Tonne nicht, ich muss hochgehen.

Ohhh mein Gott!!!"

Ich sah Augustus an und er mich. Da musste was passiert sein! Augustus hakte nach:

„Was ist Klara, was hat dich erschrocken?"

„Er ist da, ich hab ihn gesehen! Was soll ich jetzt tun? Ich habe Angst!"

„Gaaanz ruhig, Klara! Atme ganz ruhig! Wie weit ist er entfernt?"

„Ich weiß nicht, zwanzig Meter?"

Mariana kam zurück, mit einem schwarzen, langen Mantel, einem Schal und einem Hut. Sie zeigte es Augustus und der nickte. Er hielt ihr den Arm hin, so dass sie die Sachen darüber hängen konnte. Augustus telefonierte weiter, währenddessen.

„Welche Geschäfte konntest du erkennen?"

„Spielzeuge, in einem Schaufenster waren Spielzeuge und davor ist eine Laterne."

Man konnte durch das Telefon die Angst und den Schmerz von dieser armen Frau regelrecht spüren. Augustus wirkte bei ihrer Aussage erleichtert und entschlossen.

„Gut, Mädchen, ich weiß, wo das ist. Ich bin gleich bei dir, hörst du."

„Nein, ...Neeeiiiinnnn!! ...... Hilfe!! .... Geh weg!! .... Ahhhhhh, ... du tust mir weh!!!"

„Klara! Klara! Hörst du mich! Was ist los!?"

Augustus lief einfach los, das Handy in der Hand.

„Klara verdammt! Sprich mit mir! Was ist passiert!?"

Noch in der Tür hörten wir Augustus erst schreien und dann nur noch die Worte:

„Gott sei Dank! Du lebst. Was ist passiert? ...... ich bin gleich da! Bleib liegen! Bewege dich nicht!"

Wir standen da wie gelähmt, keine konnte ein Wort sagen. Was sollten wir nur tun? Ich habe mich noch nie so hilflos gefühlt. Wir sahen uns an, das Blut gefror uns in den Adern. Ich fragte Mariana:

„Was ist, wenn sie stirbt? Dann sind wir schuld! Wir hätten die Polizei rufen müssen! Ich halte das nicht mehr aus, Mariana! Ich kann nicht mehr!"

„Hey, komm runter jetzt! Das hilft uns nicht weiter! Wir müssen einen kühlen Kopf bewahren! Das ist unsere einzige Chance! Augustus wird sich bald melden, ich bin mir sicher! Er wird einen Weg finden, so oder so! Klar! Es wird alles gut werden!"

Mariana hat sich als erstes wieder gefasst und mir war klar, dass sie recht hatte. Wir hatten nach wie vor keine andere Wahl. Wir mussten abwarten, bis Augustus sich meldete.

„Augustus wusste sofort, wo sich Klara aufhält. Es muss hier in der Nähe sein. Ich bin mir sicher, dass er sich gleich meldet."

Mariana nahm mich wieder in den Arm und versuchte, mich weiter zu beruhigen. Ich wusste ja, dass es eh keine andere Möglichkeit gab aber mir gingen einfach die Nerven durch. Was sollte da noch kommen. Das konnte doch keiner aushalten. Ich war so froh, dass Mariana mich unterstützte und auch Augustus. Alleine hätte ich das niemals gepackt. Da war ich mir inzwischen sicher! Das war ja mittlerweile nur noch psycho!

Anstatt, herauszufinden, was passiert war und endlich Erik´s Unschuld zu beweisen, passierte immer noch mehr und es schien, als wären wir mittendrin in der ganzen Scheiße! Das wurde immer schlimmer! Von wegen Mord aufklären!

„Da !! Dein Handy klingelt Mariana! Schnell, das ist bestimmt Augustus! Bitte bitte lass die Frau am Leben sein! Ich dreh sonst durch!

„Sie lebt! Richtet Verbandszeug, Tücher und warmes Wasser her! Ich bin gleich da!"

Mein Gott, mein Herz pochte bis zum Hals. Augustus hatte sie gefunden! Aufgeregt lief ich durchs Zimmer:

„Schnell Mariana ich mach warmes Wasser! Du weißt bestimmt, wo Verbandszeug ist! Bitte lass sie nicht so schwer verletzt sein! Sollten wir sie nicht gleich ins Krankenhaus bringen?"

„Lass uns erst mal abwarten. Wenn wir sie in die Klinik bringen, müssen wir erklären, was passiert ist. Das ist im Moment eher schwierig und äußerst kontraproduktiv, denkst du nicht auch? Wir hätten echt Probleme, das alles zu erklären und könnten auf keinen Fall weiter machen. Erik wäre auf sich alleine gestellt."

Wie immer hatte Mariana recht. Trotzdem fühlte ich mich absolut schlecht.

„Ja, ich weiß aber ich hab eine ´Scheiß Angst´. Was, wenn die wirklich schwer verletzt ist. Das können wir auf keinen Fall riskieren."

„Noch wissen wir nicht, was ihr fehlt. Wir werden jetzt einfach mal abwarten. Ins Krankenhaus können wir sie immer noch bringen. Ihr Mann wird sie auch suchen. Er weiß, wie er sie zugerichtet hat und wird sie mit Sicherheit zuerst in den naheliegenden Krankenhäusern suchen. Sie wäre da also auch nicht sicher. Der ist nur abgehauen, weil Mariana Augustus rufen konnte. Der hätte sie da sonst nicht so liegen lassen oder er hätte sie vielleicht tatsächlich umgebracht. Vielleicht dachte er ja, sie sei tot. Wir wissen nicht genau, was da vorgefallen ist. Also, Püppchen, erstmal Ruhe bewahren und keine überstürzten Handlungen. Das können wir uns nicht leisten, das wäre für uns alle viel zu riskant!"

Es klopfte an der Tür, das konnte nur Augustus sein. Mariana vergewisserte sich aber trotzdem vorher durch den Spion. Schnell öffnete sie die Tür und half Augustus mit der Frau.

„Hat euch jemand gesehen? Was denkst du?"

Augustus war völlig außer Atem und antwortete in kurzen Silben, während er versuchte, Luft zu bekommen.

„Niemand, der uns kennen könnte. Ich habe ihr den Mantel umgelegt und sie mit dem großen Tuch verdeckt, so gut es ging. Dann habe ich so getan als wäre sie betrunken. Ich denke nicht, dass da was aufgefallen ist."

Ich war mittlerweile bei den beiden und half, Kevin´s Mom ins Wohnzimmer zu verfrachten. Wir legten sie auf die Couch, zogen ihr vorsichtig den Mantel aus und nahmen ihr das Tuch ab. Ein grauenvoller Anblick bot sich für uns. Ihre Augen waren total zugeschwollen und sie hatte eine Platzwunde über den Augenbrauen. Ihre Lippen waren aufgeplatzt und im ganzen Gesicht war Blut. Am Hals hatte sie ebenfalls mehrere Kratzer, die bluteten. Man konnte außerdem schon die ersten Striemen erkennen, die bereits begannen, anzuschwellen. Ihre Hände und ihre Ellenbogen waren total abgeschürft, genauso wie die Schultern. Man konnte sehen, dass sich überall schon Hämatome zu bilden begannen. Bis morgen früh würde sie überall blaue und blutunterlaufene Flecken haben. Sie stand ganz offensichtlich unter Schock, war völlig apathisch. Wieder überkam mich eine totale Panik.

„Um Himmels willen, Leute, wir können die doch nicht hier behalten. Die stirbt vielleicht!"

Augustus sah mich ganz klar und bestimmt an und sprach in so einem scharfen Ton zu mir, dass ich richtig geschockt war:

„Sie bleibt hier und du wirst das akzeptieren! Ist das klar! Wir haben alle drei dieses riesige Problem! Oder wie denkst du, willst du die ganze Sache hier der Polizei erklären!!? Wir werden sehen, wie sie morgen früh aussieht und dann entscheiden, wie wir weiter machen! Geh jetzt und mache Tee!"

Eine furchtbare Nacht

Gerade konnte ich meine Gefühle nicht beschreiben. Zum Einen war ich wütend, weil der so mit mir sprach, zum Anderen war mir aber auch bewusst, dass er recht hatte. Trotzdem konnte das doch nicht sein, dass die die einfach ihrem Schicksal überlassen wollten. Mariana hat wohl mein Gefühlswirrwarr bemerkt und kam mir hinterher. Wiedermal war sie es, die Verständnis für mich hatte und mir half, Dinge klar zu sehen und zu verstehen.

„Ganz ruhig, Kind. Augustus hat während des Studiums als Sanitäter gearbeitet. Er weiß, was er tut. Du musst dir keine Sorgen machen. Tu einfach, was er sagt. Glaube mir, alles wird gut. Ja?"

Etwas beruhigt ging ich mit dem Tee zurück ins Wohnzimmer. Die beiden waren dabei, Klara´s Wunden zu säubern.

„Hier, der Tee. Ist sie denn bei Bewusstsein? Ich meine, bei all den Verletzungen."

Augustus sah mich an. Diesmal mit einem warmen, fast väterlichen Blick. Der schroffe Ausdruck war verschwunden.

„Sie hat einen Schock und atmet flach. Deshalb nimmt sie nicht viel wahr um sich herum. Das ist nicht ungefährlich, hilft aber gerade, die Wunden zu säubern, weil der Schmerz bei ihr noch nicht so richtig angekommen ist. Sie wird erst so richtig Schmerz empfinden, wenn der Schock nachlässt. Lass uns die Frau also so schnell und so gut es geht verarzten. Glaube mir, Mona, wir werden das schaffen. Ich bin mir sicher, dass nichts gebrochen ist. Ich kann zwar innere Verletzungen nicht zu hundert Prozent ausschließen, bin aber ziemlich sicher, dass keine bestehen. Ein kleines Risiko bleibt immer aber die Wahrscheinlichkeit ist wirklich sehr gering. Sollte sie kollabieren in der Nacht, können wir immer noch den Notarzt holen. Bis dahin brauchen wir aber eine glaubhafte Geschichte! Macht euch also Gedanken."

Die beruhigenden Worte von Augustus brachten mich wieder zur Vernunft. Er hatte ja recht. Beide hatten recht. Ich setzte mich also neben Klara auf den Boden und versuchte, ihr ein wenig Tee einzuflößen. Mariana und Augustus waren dabei, ihre Wunden zu säubern. Langsam war das Ausmaß ihrer Verletzungen zu sehen. Sie sah wirklich brutal aus.

„Was denkst du, Augustus? Müssen diese Wunden nicht genäht werden? Sieh mal, die Lippen, wie schlimm die aussehen.Und das hört überhaupt nicht auf, zu bluten."

„Das ist hart an der Grenze aber, solange die Blutung nicht gestillt werden kann, kann das eh nicht genäht werden. Ich versuche also zuerst die Blutung zu stoppen, dann werden wir sehen. An den Lippen und an den Augen sieht alles erst einmal viel schlimmer aus als es dann letzten Endes ist. Auch die ganzen Prellungen und blauen Flecke sehen ganz furchtbar aus und sie wird sicher auch brutale Schmerzen haben aber dafür ist kein Krankenhaus nötig. Ich habe starke Schmerztabletten. Eine davon habe ich ihr schon gegeben und wenn die Wunden gesäubert sind, werde ich ihr noch was zum Schlafen geben. Hier, Mona. Das ist eine hervorragende Salbe. Gib sie auf die Prellungen aber nicht auf die offenen Wunden, die werde ich verbinden, nachdem ich sie gesäubert habe. Mariana, versuche nochmal, ihr etwas Tee zu verabreichen. Durch den Schock friert sie."

Behutsam gab ich die Salbe auf die Prellungen, während mir die ganzen Geschehnisse der letzten Tage durch den Kopf gingen. Es war so Vieles vorgefallen, dass ich eigentlich kaum mehr an Erik dachte. Dazu war irgendwie gar keine Zeit mehr. Aber diese arme Frau weckte ein unbehagliches Gefühl in mir und ließ mich automatisch an ihn denken. Wie würde es ihm wohl gehen. Wo wird er sein. Ich wünschte so sehr, dass ich ihn sehen konnte oder wenigstens mit ihm telefonieren.

Augustus und Mariana konnten wohl Die Sehnsucht und die Verzweiflung in meinen Augen lesen, denn beide sahen mich mit warmen Augen an und ohne Worte gaben sie mir zu verstehen, dass sie mich nicht im Stich lassen würden. Es war verblüffend, wie sehr ich die zwei ins Herz geschlossen hatte und wie sehr sie in der Lage waren, mich zu stärken und mir meine Angst zu nehmen. Es war, als hätte ich neue Eltern gefunden.

„Tut mir leid, ich war für einen kurzen Augenblick abwesend und traurig. Alles ist so ausgeufert, fern jeder Realität, ich habe gerade an Erik gedacht. Was wird aus ihm? Wir haben bis heute nichts erreicht. Wo soll er hin?

Ich dachte wirklich, ich könnte ihm helfen. Statt dessen habe ich zwei Menschen in den ganzen Mist hinein gezogen und in Gefahr gebracht. Genau genommen sogar drei, denn Klara würde hier auch nicht liegen, wenn ich sie in Ruhe gelassen hätte."

„Es war unsere eigene, freie Entscheidung, dir zu helfen. Besser gesagt, Erik zu helfen. Es kann nicht sein, dass ein Mensch unschuldig im Gefängnis sitzen muss und genau genommen hätten wir schon viel früher etwas unternehmen müssen. Statt Dessen haben wir einfach den Kopf in den Sand gesteckt und still gehalten. Da musste erst so ein temperamentvoller Rotschopf auftauchen, um uns wach zu rütteln. Du hast uns daran erinnert, dass Gerechtigkeit herrschen muss. Also, mach dir bitte keine Vorwürfe, denn die müssten, genau genommen, wir uns machen!"

Mariana stimmte den Worten Augustus' zu, während sie nach und nach versuchte, Klara Tee einzuflößen.

„Du hast recht, Augustus und jetzt Schluss mit diesen Gedanken, Mona. Wir werden das

179

schaffen! Klara wird uns nun helfen. Davon bin ich überzeugt. Dann können wir die Polizei einschalten und du wirst schon bald in den Armen deines geliebten Erik´s liegen. Wie weit seid ihr denn? Mona hast du alle Prellungen versorgt? Und du, Augustus, konntest du die Blutungen stillen und die Wunden soweit reinigen? Ich denke nämlich, wir sollten sie schlafen lassen. Lasst uns in die Küche gehen. Wir machen uns auch eine Tasse Tee und dann müssen wir ebenfalls ein wenig Schlaf bekommen. Einer sollte vielleicht immer bei Klara bleiben. Wir können uns ja abwechseln."

Augustus legte sein Tuch und den Verband weg.

„Ja, ich bin soweit fertig. Lass uns rüber gehen. Tee wird uns guttun. Ihr könnt dann in meinem Bett schlafen. Ich habe das frisch bezogen. Bei Klara werde ich wachen. Ich kenne mich aus und ihr beiden braucht dringend Schlaf, vor allem du, Mona. Die letzten Tage waren die Hölle für euch."

Augustus war so zuvorkommend und zu jedem anderen Zeitpunkt hätte ich das Angebot von ihm niemals angenommen aber ich war so hundemüde, dass ich einfach nur froh war, wenn ich mich schlafen legen konnte.

Stumm ging ich also hinter den beiden her in die Küche. Mariana machte Tee für uns. Wir setzten uns und keiner hatte mehr Kraft, zu sprechen. Ohne Worte schlürften wir unseren Tee und starrten einfach in unsere Tassen. Jeder war für sich damit beschäftigt, die Ereignisse der letzten Tage irgendwie zu ordnen und zu verarbeiten. Wenn das überhaupt möglich war. Augustus war es, der schließlich das Schweigen brach:

„Kommt, ihr zwei, ihr müsst versuchen, etwas zu schlafen. Wir müssen morgen fit sein, weil wir nicht wissen, was noch alles auf uns zukommt. Geht zu Bett. Ich werde rüber gehen und auf Klara achten. Wenn was ist, kommt mich einfach holen, o.k.?"

Mariana legte den Arm um mich und sagte:

„Er hat recht, mein Kind. Lass uns zu Bett gehen."

Wir gingen also in Augustus` Schlafzimmer und legten uns schlafen. Wir waren beide wirklich total fertig und so dauerte es auch nicht lange bis wir einschliefen. Allerdings hatte ich, wie erwartet einen sehr unruhigen Schlaf und natürlich war da wieder Erik! Da war es wieder, dieses Gefühl, das ich nur bei ihm zu spüren vermochte. Ich sehnte mich so sehr nach ihm und diese unendliche Sehnsucht sorgte nun dafür, ihn, so wie jede Nacht, so nah zu empfinden, als wäre er hier, bei mir. Ich sah ihn über mich gebeugt. Er strich mir zart über die Stirn mit seinem Handrücken. Mit der anderen Hand zog er mir zärtlich eine Haarsträhne aus dem Gesicht und glitt ganz leicht mit seinen Fingerspitzen über meine Backen bis hin zu meinem Kinn. Er beugte sich herab zu mir, bis ich seine Lippen ganz dicht an meinen spüren konnte. Völlig gefesselt von dieser Magie, die ich in diesem Moment verspürte, glitten seine Lippen wie ein leichter Windhauch über meine und weiter bis hin zu meinen Ohren. Leise vernahm ich seine Stimme, die, wie schon vorher bei diesem wunderschönen Kuss, sich anfühlte als würde sie durch den Wind getragen:

„Du bist so wunderschön. Ich will dich so sehr. Wenn ich doch nur bei dir sein könnte. Er hielt mein Gesicht in seinen Händen und sein Blick verschmolz mit meinem. Ich konnte alles sehen in diesen Augen. Es war, als sähe ich seine Seele. Diese Wehmut, diese Traurigkeit und diese unendliche Liebe, die sich mir offenbarte, war so überwältigend, wie noch nie ein Gefühl zuvor. Wie war es möglich, dass Traum und Wirklichkeit so ineinander verschmelzen konnten. Als würden wir uns in einer anderen Sphäre begegnen und dort eins werden. Ich griff langsam und getrieben von der gleichen Zärtlichkeit und Magie, die er mir bereits entgegenbrachte, nach seinen Händen und ließ meine Lippen langsam in seine Handflächen gleiten. Ich konnte sogar diesen wundervollen Duft seiner Hände wahrnehmen und ein Schauer der Erregung glitt durch meinen Körper. Ganz sanft fuhr ich mit meiner Zunge hoch zu seinen Fingerspitzen, um dann jede einzelne mit meinen feuchten Lippen zu küssen. Ich konnte bemerken, wie auch ihn kleine Schauer erbeben ließen, was mich natürlich noch mehr erregte. Ich nahm seine Hände und führte sie ganz langsam hinab zu meinen Brüsten. Er ließ seinen Blick nicht von meinen Augen ab, während er begann, seine Finger über meine empfindlichste Stelle dort zu bewegen. Mein Herz pochte und ich konnte meine Erregung nicht mehr verbergen. Ich hatte das Gefühl, meine Brust müsste zerspringen und mein Atem wurde zu heftigen Stößen, die in ein lautes Stöhnen übergingen. Immer noch hafteten seine Blicke auf den meinen und ich wusste, er konnte diese unbegreifliche Begierde darin lesen. Auch ich konnte in seinen Augen lesen und wusste, er empfand genauso. Unsere Körper hoben und sanken sich automatisch im gleichen Rhythmus und um uns schien die ganze Welt sich in Wolken zu verwandeln, die uns in die unendliche Weite trugen. Völlig schwerelos und fernab aller weltlichen Probleme verschmolzen unsere Körper bis zur absoluten Ekstase.

Und dann, …… geschah das Furchtbare, ……..
die Wolken verschwanden unter unseren Körpern und wir fingen an zu fallen, …… in unendliche Tiefen, …… unaufhaltsam, …… einfach ins Nichts!!! Erik versuchte, nach mir zu greifen. Ich sah, wie er verzweifelt seine Hände nach mir ausstreckte. In seinen Augen war nur noch Angst, Panik und Verzweiflung zu lesen und er rief, während er tiefer und tiefer fiel:

„Bitte hilf mir doch!! Bleib bei mir!!! Nimm
meine Hand!!! Ich liebe dich!!!"

Ich versuchte panisch, seine Hand zu greifen, konnte aber nicht. Es war so grausam! Ich konnte nichts tun! Ich vermochte ihn nicht aufzufangen und zu retten. Er fiel tiefer und tiefer. Seine Stimme wurde immer leiser. Bis er schließlich im Nichts verschwand. Ich war so hilflos und völlig verstört, von dieser grauenvollen Situation …… Auf einmal schreckte ich hoch. Ich bemerkte, dass mich jemand schüttelte. Langsam wurde mir klar, dass das alles ein Traum war und ich fand zurück in die Realität.

Ich brauchte einen Moment, um zu kapieren, dass es Mariana war, die mich schüttelte und so versuchte,mich wach zu bekommen. Ich war

184

total benommen, konnte keinen klaren Gedanken fassen. Mariana sprach mit mir, während sie versuchte, mich wach zu bekommen, man könnte fast sagen, mich zurück zu holen.

„Mona, komm zu dir! Hörst du! Du hast schlecht geträumt! Wache endlich auf! Du weckst das ganze Haus auf!"

Ich strich mir die Haare aus dem Gesicht und bemerkte, dass ich total verschwitzt war, während ich versuchte, langsam wieder zu mir zu kommen. Ich war gerade gar nicht in der Lage, klar zu denken. Es dauerte einige Minuten, bis ich meine Sinne wieder zusammen hatte und fragte Mariana ganz entgeistert.

„Was ist passiert? Warum hast du, …. ich habe geträumt, …..was ist los, …. warum schüttelst du mich so?"

„Mona, ich weiß nicht, was du geträumt hast aber es war schrecklich. Du hast dich so gewälzt. Dann hast du gestöhnt und schließlich angefangen, fürchterlich zu schreien. Ich musste dich wecken, um zu verhindern, dass alle wach werden! Was, um Himmels Willen hast du geträumt? Du bist völlig fertig!?"

Ich bemerkte, wie mir eine leichte Röte ins Gesicht stieg und versuchte das zu verbergen, indem ich mich ein wenig von Mariana

185

wegdrehte.

„Ohh, ich weiß nicht so genau. Das war lauter wirres Zeug. Ich kann das gar nicht richtig erklären."

Mariana schaute mich ein wenig belustigt an und meinete.

„Also, zwischendurch hatte man ja schon den Eindruck, du würdest vielleicht von Erik träumen. So ganz intensiv, wenn du weißt, was ich meine?"

Sie hat's also doch gemerkt. Sofort stieg mir noch mehr Röte ins Gesicht und ich wusste, dass ich ihr wohl nichts vorzumachen brauchte.

„Jaaa, schooon …. aaaber, …. naja das war nicht lange und endete dann in einer riesigen Katastrophe, weil wir uns total verloren haben und nicht mehr zueinander finden konnten."

Mariana strich mit ihrem Fingerrücken über meine Wange und meinte:

„Ohh, du Ärmste. Hab keine Angst. Ich verspreche dir, du wirst Erik wiedersehen! Wir werden herausfinden, was passiert ist und seine Unschuld beweisen! Glaube mir, schon bald wirst du in seinen Armen liegen und ihr werdet glücklich werden!

Klara sieht der schrecklichen Realität ins Auge

So ….. aber jetzt zurück zur Realität, mein Kind. Es ist jetzt sechs Uhr morgens und wie ich Augustus kenne, ist er längst auf den Beinen. Wir müssen schauen, wie es Klara geht und uns eine Geschichte für den Notfall ausdenken! Wobei, ….. die wird Augustus schon lange parat haben. Ich bin echt froh, dass wir ihn mit ins Boot geholt haben!"

Für einen kleinen Moment überlegte ich ob ich jetzt nicht einhaken sollte um ihr auf den Zahn zu fühlen. Also, so von wegen, ….. was sie für Augustus empfand und so. Ich beschloss aber, es sein zu lassen und das auf einen späteren Zeitpunkt zu verschieben, wenn alles vorüber war. Statt Dessen ging ich auf ihr Gespräch ein:

„Du hast Recht. Lass uns rüber gehen und die ´Lage checken`."

Ich stieg aus dem Bett und verschwand im Bad. Mariana hatte sich bereits angezogen, wie ich bemerkte. Sie rief mir hinterher:

„Ich geh schon mal, Mona!"

Ich beeilte mich, um nicht zu viel zu verpassen, was die beiden sprachen. Also heute mal nur

'Katzenwäsche´, sozusagen. Ich ging in die Küche und dort wartete schon köstlich duftender Kaffee und ein leckeres, einladendes Frühstück auf mich. Die beiden bedienten sich bereits. Komm, 'Kleines´, setz dich und iss. Das wird ein harter Tag!"

Wie mich Augustus immer liebevoll 'Kleines´ nannte. Er kannte mich doch kaum. Es ging ihm wohl ähnlich, wie mir. Ich hab´ ihn ja auch sofort ins Herz geschlossen, genau wie Mariana. Ich saß mich also, schenkte mir Kaffee ein und nahm mir ein Brötchen. Währenddessen fragte ich in die Runde:

„Wie geht es denn Klara jetzt? Wird sie klar kommen mit ihren Verletzungen? Denkt ihr, wir können sie hier behalten ohne Gefahr zu laufen, dass ihr irgendwelche Schäden oder so bleiben?"

Augustus klopfte mir auf meinen Handrücken und sagte mit seiner tiefen, beruhigenden Stimme:

„Keine Angst, Kleines, sie wird wieder. Sie hat zwar sehr starke Schmerzen und wird einige Tage brauchen, bis sie wieder zu Kräften kommt aber Sie wird wieder. Ich hatte in meiner Zeit als Sanitäter sehr oft solche Einsätze, bei denen misshandelte Frauen zu verarzten waren und in den wenigsten Fällen sind die mit ins Krankenhaus gefahren. Teils

188

vor Scham und Teils aus Angst vor dem Partner. Da boten sich wirklich oft grässliche Szenarien. Aber was soll´s, heute nun kann ich einen Vorteil aus dieser schlimmen Zeit ziehen, wie ihr seht. Es passiert wohl nichts ohne Grund. Sie ist auf jeden Fall über dem Berg. Es besteht keine Lebensgefahr. Wir können sie also hier behalten und sie kann in Ruhe wieder zu Kräften kommen. Wie es dann weiter geht werden wir sehen."

Ich war beruhigt. Besser gesagt, mir fiel ein riesiger Stein vom Herzen. Wir konnten also überlegen, was wir nun weiter tun wollten. Ich wandte mich also Augustus zu und fragte:

„Schläft sie denn jetzt, … also, ich meine, ….. können wir denn mit ihr reden? Aufregung wird ja nicht gerade förderlich sein für ihre Genesung."

Mariana war wohl einer Meinung mit mir und klinkte sich auch in das Gespräch ein:

„Ja, genau. Wir müssen eigentlich mit ihr reden. Haben ja keine andere Wahl aber kann sie das verkraften oder besser, können wir das verantworten?"

Augustus biss von seinem Brötchen ab und nahm einen Schluck Kaffee, dann meinte er:

„Sie hat nur höllische Schmerzen und wahrscheinlich wird ihre psychische Verfassung nicht die beste sein. Ich denke aber, dass keine Gefahr besteht, wenn wir sie konfrontieren. Ein größeres Problem wird es sein, sie zum Reden zu bringen, eben durch ihre psychische Verfassung. Sie wird wahnsinnige Angst haben. Vor ihrem Mann und auch die Tatsache, ihren Sohn zu verraten, wird nicht einfach so für sie möglich sein. Wir müssen ihr Vertrauen Gewinnen und sie davon überzeugen, dass sie die Wahrheit sagen muss, um dem ganzen Wahnsinn ein Ende zu setzen. Sie muss verstehen, dass diese zwei Männer, die sie da um sich hat, fürchterlich gefährlich sind."

In diesem Moment hörten wir ein schmerzvolles Stöhnen aus dem Wohnzimmer. Klara muss wohl aufgewacht sein. Beinahe gleichzeitig sprangen wir alle drei hoch, um nach ihr zu sehen. Allerdings war für uns zwei Damen klar, dass wir Augustus den Vortritt lassen wollten. Er war der Erfahrenste. In jeder Hinsicht, wie sich ja die letzten zwei Tage herausstellte. Während er sich also neben der Couch, auf der Klara lag, auf den Boden kniete, um in ihrer Augenhöhe mit ihr zu sprechen, hielten wir uns erstmal ein wenig im Hintergrund.

Augustus half ihr, sich etwas aufzurichten und steckte ihr ein zweites Kissen hinter den Rücken. Sie war total benommen.

Wahrscheinlich von den Tabletten aber sicher auch von alledem, was geschehen war. Es war deutlich zu sehen, dass sie versuchte, ihre Gedanken zu ordnen und langsam auch ihre Verletzungen abzuchecken. Sie tastete ihr Gesicht ab und man konnte dabei den schmerzverzerrten Ausdruck beobachten. Klar, … Ihre Augen waren zugeschwollen. Ihre Lippe war dick. Ihr Hals sah genauso fürchterlich aus. Lauter Blutunterlaufene Flecken. Die Kratzer waren überwiegend mit Pflaster oder Verband bedeckt, was sie natürlich nach und nach ebenfalls bemerkte. Ihre Nägel waren verschlissen und dreckig. Ihre Hände und Arme sahen ähnlich aus, wie auch ihr Hals und Ihr Gesicht bot einen furchterregenden Anblick. Ich denke, dass ich das nie wieder vergessen werde, was ich da sehen musste. Ich bemerkte, dass sie kaum was sehen konnte durch die geschwollenen Augen und ganz automatisch musste ich auf sie zugehen. Ich setzte mich zu ihr auf die Couch, Augustus sah mir, auf dem Boden kniend zu und ließ mich einfach machen. Allerdings nicht,ohne genau zu verfolgen, was ich sagte oder tat.

„Ich bin´s, Mona. Kennen sie mich noch? Ich war gestern bei ihnen und habe nach Kevin gefragt. Sie müssen keine Angst haben. Sie sind in Sicherheit. Wir werden uns um sie kümmern und dafür sorgen, dass ihr Mann sie nicht finden kann."

Sie tastete mein Gesicht ab. Ich war mir nicht mal sicher ob sie wusste, dass ihre Hände sich in meinem Gesicht befanden. Diese Hände waren so geschwollen und verunstaltet, dass ich mir gut vorstellen konnte, dass sie damit nicht wirklich was fühlen konnte. Ihre Augen waren ebenfalls nur einen ganz kleinen Spalt geöffnet. Ich war mir auch hier nicht sicher, ob sie überhaupt irgendwas sehen konnte. Ein Kloß bildete sich in meinem Hals. Ich war so schockiert, ich versuchte in diesem Moment einfach nur irgendwie meine Fassung zu wahren. Tränen liefen mir über's Gesicht, während ich den Kopf sank und versuchte, gleichmäßig zu atmen, um ihr meine Verfassung nicht spüren zu lassen.

Augustus griff ein. Er bemerkte wohl meine Aufruhr und die Tatsache, dass ich gerade dabei war, meine Beherrschung zu verlieren.

„Klara, ich weiß, das ist jetzt wirklich viel verlangt, ….aber, ….. wir brauchen dich jetzt. Du musst uns helfen. Sicher, du hast angst und du willst niemanden verraten, ….. aber es geht nicht anders.

Du MUSST die Wahrheit sagen!

Zu viel ist passiert!"

192

Augustus übte gezielt aber langsam Druck auf Klara aus. Sie tat mir so unendlich leid. Dennoch wusste ich, dass es keine andere Möglichkeit gab. Ich hielt nebenbei ihre Hand, ... ganz ganz leicht, weil ich ja wusste, dass sie unendliche Schmerzen hatte. Zugleich hatte ich, dank Augustus, meine Fassung wieder. Mariana kam nun auch näher, hielt sich aber bewusst mehr im Hintergrund, da sie ja diejenige war, die mit Klara am wenigsten in Kontakt war. Ich startete erneut den Versuch, auf Klara zuzugehen, da ich ja bereits im Vorfeld viel mit ihr gesprochen hatte.

„Klara, ich darf doch Klara sagen oder?"
Zögerlich kam ein ʼjaʼ von ihr.

„Klara, du weißt, warum ich dich aufgesucht habe und was passiert ist. Ich weiß, das ist viel verlangt aber sieh nur, was passiert ist. Zu was dein Mann fähig ist. Und, wenn Kevin krank ist, so wird man ihm helfen! Bitte, so sag uns doch endlich, was du weißt!"

Mariana klinkte sich nun ein und Augustus und ich bewegten uns einen Schritt zurück, um ihr etwas Nähe zu Klara zu ermöglichen. Die beiden waren etwa im selben alter und vielleicht war ein Gespräch zwischen den beiden leichter für Klara, so von Frau zu Frau.

„Klara, hör zu, wenn Kevin krank ist, musst du ihn doch vor einer weiteren Dummheit bewahren! Was, wenn er total durchdreht und noch jemanden tötet!? Dann kannst du ihn nicht mehr retten! Die Polizei wird irgendwann dahinterkommen, was passiert ist! Und ich sage dir auch, wenn du uns nicht die Wahrheit sagst, sind wir gezwungen, die Polizei einzuschalten. Wir stecken schon viel zu tief da drin! Wir können das nicht verantworten! Hörst du! Wir wollen nicht daran schuld sein, dass noch jemand stirbt! Also, …… So oder so, … wir müssen was unternehmen! Es liegt also bei dir, ob wir Kevin helfen können, indem wir ihn vor einer weiteren Dummheit bewahren und dafür sorgen, dass er sich stellt und wieder in eine Anstalt gebracht wird oder ob wir die Polizei einschalten und die ihn dann jagen werden bis zum bitteren Ende!!! Klara!! Das willst du doch nicht!!!! Wenn Kevin sich nicht stellt und wir zur Polizei gehen, werden die ihn jagen!! Verstehst du!! Bitte, sag uns was passiert ist und wo wir ihn finden!!"

Klara war anzusehen, wie sehr sie unter Druck stand. Jede Faser ihres Körpers zitterte und die Tränen liefen ihr haltlos über das zerschundene Gesicht. Sie rang nach Luft und zugleich versuchte sie, zu sprechen. Nur Bruchteile waren zu verstehen und Mariana wurde zunehmend ungeduldig. Das wollte ich nicht zulassen und Augustus war wohl ebenfalls meiner Meinung. Er bemerkte, dass ich auf Klara zugehen wollte und bestärkte mich in meinem Vorhaben, indem er Mariana sachte am Arm zurück zog.

„Klara, beruhige dich. Atme tief durch und versuche, dich in den Griff zu bekommen. Das ist alles sehr viel für dich. Ich verstehe das. Komm, trink etwas Tee, der wird dir guttun. Hier, …. so ist es gut, …. lehne dich ein wenig zurück und atme ruhig weiter. ….. So ist es gut."

Augustus nickte mir zu und gab mir zu verstehen, ich sollte weitermachen. Ich strich Klara vorsichtig über das Haar und konnte spüren, dass sich ihr Atem etwas senkte und gleichmäßiger wurde.

„Gut so, Klara. Lehn dich zurück und versuche, dich etwas zu entspannen. Sehr schön. ……. So und jetzt nochmal ganz langsam, der Reihe nach. Weißt du,Klara, wo Kevin sich im Moment befindet?"

Augustus nickte mir zu und gab mir zu verstehen, ich solle so weitermachen.

Klara schüttelte langsam den Kopf:

„Nicht wirklich. Als Ronja noch lebte, hätte ich meine Hand dafür ins Feuer gelegt, dass er bei ihr ist aber sie ist tot und, …… „

Ihr Atem wurde wieder schwerer und ich schritt sofort wieder ein.

„Atmen, Klara, ganz ruhig atmen. Komm, Ich atme mit dir."

Ich gab ihr den Rhythmus vor und atmete mit ihr zusammen, so beruhigte sie sich schnell wieder. Augustus gab mir zu verstehen, dass er weiter fragen wollte und ich sollte währenddessen versuchen, beruhigend auf sie einzuwirken, da das allem Anschein nach gut klappte.

„Klara, was ist damals passiert? Hat Kevin Ammelie ermordet?"

Mariana und ich schauten uns an
und hielten die Luft an!
Das war nun der Moment!
Der vielleicht alles entscheidende Moment,
der Erik´s Unschuld beweisen konnte!

Klara antwortete ganz langsam und plötzlich völlig gefasst:

„Ich bin mir sicher, dass er es war. Aber ich kann es nicht beweisen. Ich bin mir auch sicher, dass mein Mann die Wahrheit kennt und mit drin steckt in dieser ganzen Sache!"

So, …. wir wussten nun, dass Kevin der Mörder sein musste, hatten aber nach wie vor keine Beweise! Das konnte doch alles gar nicht wahr sein!

Augustus ließ sich von dieser Tatsache nicht beirren und fragte langsam aber nach wie vor bestimmt weiter. Seine Fragen waren präzise und sorgfältig formuliert:

„Klara, hat Kevin auch David ermordet?"
Oh Gott, das war knallhart. Klara antwortete aber wieder völlig gefasst. Es war, als hätte sie einen Roboter verschluckt. Ich denke, ihr war inzwischen klar, dass sie keine andere Wahl hatte und wir recht hatten mit unseren Argumenten.

„Ich bin mir auch hier sicher, habe aber keine Beweise. Kevin kam völlig verzweifelt nachhause und flehte meinen Mann an, ihm zu helfen.

´Bitte Papa, ich hab Mist gebaut! Was soll ich jetzt tun? Ich hab David erschossen, am Steuer! Das Auto hat sich überschlagen. Der liegt noch da unten! Du musst mir helfen, Papa! Ich geh sonst in den Knast! Und du auch! Wir fliegen auf!`

Das hat er geschrien. Mit ´wir fliegen auf´ hat er den Tod von Ammelie gemeint. Mein Mann hat ihm auch damals geholfen aber ich weiß nicht, wie. Mein Mann hat mir nur gedroht ´die Schnauze zu halten´, wie er so schön zu sagen pflegte."

Der unfassbare Moment der Wahrheit

Ich hatte echt zu tun, nicht auszuflippen. Alles, was passiert war, schien dieser Kevin gewesen zu sein und Niemand, auch nicht wir, hatten das bemerkt. Aber was war mit Ronja. Welche Rolle spielte sie? Ich flüsterte Augustus zu.

„Was ist mit Ronja? Welche Rolle spielte sie, weshalb musste sie sterben?"

Augustus sah mich an und nickte.

„Klara, warum musste Ronja sterben? Hat Kevin sie getötet?"

Klara drehte den Kopf und sah mir bei dem, was sie sagte ganz klar und völlig starr in die Augen. Es war, als würde ihr Blick mich durchdringen.

„Sie war es, die an allem Schuld war. Sie hat Kevin benutzt. Seine Krankheit benutzt, um ihn zu ihrem Werkzeug zu machen. Sie war noch viel wahnsinniger als mein Sohn und zu allem fähig. Sie wollte immer nur Erik! Von Anfang an! Wie oft habe ich Kevin vor dieser Verrückten gewarnt! ́Ich kann nicht anders, Mama. Ich liebe sie, Mamá. Das waren seine Worte! Ich konnte ihn nicht beschützen!! Ich habe versagt, jämmerlich versagt!!"

Augustus gab nicht auf und fragte noch einmal: „Wer hat Ronja umgebracht, Klara."

Plötzlich wurde es still im Raum. Klara´s Blick verlor sich ins Unendliche. Sie starrte absolut regungslos in eine Richtung und antwortete mit einer Eiseskälte in der Stimme, die uns alle drei den Atem anhalten ließ:

„Ich. .... Ich habe sie getötet."

Keiner von uns wusste, was er sagen sollte. Das konnte unmöglich die Wahrheit sein. Nicht diese arme Frau. Ich ging wieder auf sie zu und kniete mich nieder:

„Das glaube ich nicht, Klara. Du bist zu so was nicht fähig. Bitte sage mir, dass wir das falsch verstanden haben!"

„Nein, es stimmt. Ich habe Ronja getötet. Ich bin Kevin gefolgt, wollte wissen, was er vorhatte. Ich wollte verhindern, dass er noch mehr Unheil anrichtet. Ich wusste, dass er sich mit Ronja treffen wollte. Ich habe die beiden beobachtet. Sie stritten sich und plötzlich ging Ronja auf Kevin los! Sie zog ein Messer! Ich wusste nicht, was ich tun sollte! Sie wollte meinen Sohn töten! Ich lief einfach los, stürzte mich auf sie. Das Messer fiel zu Boden. Da stand auf einmal Kevin. Er hatte eine Armbrust in der Hand, ... ich, ... es ging alles so schnell, ... er schoss, ... sie ging zu Boden,

…… Blut, …. da war überall Blut!! Kevin schrie, ich solle weglaufen! Wie von Sinnen fing ich an zu laufen! Immer und immer weiter! Ich weiß nicht mehr, wie ich nachhause kam. Mein Mann war da. Er stellte mich zur Rede. Ich habe versucht, ihm zu erklären, was passiert war. Er beschimpfte mich. Er schlug mich! Dann verschwand er und kam Stunden später mit Kevin zurück. Er prügelte mich ins Schlafzimmer und befahl mir, kein Wort über das Geschehene zu verlieren, weil er mich sonst töten würde. Kevin lag wie ein Häufchen Elend zusammengekauert in der Ecke und winselte nur immer: ´es tut mir leid, Mama, es tut mir so leid´. Ich werde diese Nacht niemals vergessen."

Fassungslos aber dennoch etwas erleichtert über das, was Klara da gerade erzählte, nahm ich ihre Hand:

„Na also, Klara. Du hast sie nicht getötet. Du kannst nichts für ihren Tod. Das hat allein Kevin zu verantworten. Dich trifft keine Schuld. Ich hoffe, dir ist klar, dass du das der Polizei erzählen musst. Aber so, wie ich das sehe, ist auch Kevin nicht wirklich an Ronja´s Tod schuld, er hat dein Leben verteidigt oder sehe ich das falsch Augustus?"

„Nein, ich denke auch dass das so was ähnliches, wie Notwehr war. Zumindest für den Tod von Ronja wird man Kevin nicht verantwortlich machen. Was die anderen beiden Morde betrifft, wird er sich schon verantworten müssen, genauso wie dein Mann. Ich denke aber, das ist das Beste, was dir passieren kann. Der wird mit Sicherheit erst einmal für ein paar Jahre weggesperrt und du kannst dir in Ruhe ein neues Leben aufbauen. Du musst keine Angst davor haben, wir werden dir dabei helfen, dich bei allem unterstützen."

Klara war total leer und regungslos in dem Moment. Ich weiß nicht, ob sie das wirklich registriert hat, was Augustus zu ihr sagte. Ich versuchte sie irgendwie aus dieser ´Starre´ zu holen:

„Hörst du, Klara. Alles wird gut, wir sind für dich da."

Ich klopfte mit meiner Hand auf ihren Schenkel, dort hatte sie keine Verletzungen. Langsam schien sie wieder in die Wirklichkeit zurück zu kehren.

„Ihr versteht das alle nicht. Wenn ich nicht gewesen wäre, hätte Kevin nicht geschossen. Er musste schießen, um mich zu verteidigen!! Es war also meine Schuld!"

Mariana griff nun ein. Sie ging bestimmt aber mit Gefühl auf Klara zu:

„Das stimmt nicht, Klara. Die beiden haben

201

gestritten und wenn du nicht eingegriffen hättest, wäre das mit Sicherheit auch passiert. Kevin hatte die Armbrust dabei. Das war doch kein Zufall! Die trägt man doch nicht einfach so bei sich. Denke nach, Klara. Er hatte das wahrscheinlich geplant und du, mit deinem Eingriff in dieses Geschehen, rettest ihm so auch noch den Hintern, weil so alles nach Notwehr aussieht. Du brauchst dir also schon mal gar keinen Vorwurf zu machen. Augustus hat aber recht. Du musst diesen Wahnsinn stoppen, den Kevin oder besser, den die beiden, Kevin und sein Vater, veranstalten!! Und zwar sofort, bevor noch mehr passiert.

Wir müssen zur Polizei, …. jetzt!! …. Egal, wie schwer dir das fällt aber du kannst nicht länger zulassen, dass dein Sohn weiter mordet. Was soll noch alles geschehen!"

„Stopp, Mariana. Wir müssen uns das genau durch den Kopf gehen lassen. Wir haben nur die Aussage von Klara und sie ist in einem fürchterlichen Zustand, nicht nur physisch. Sieh sie dir an. Es ist absolut fraglich ob die uns glauben. Was passiert dann mit Erik?! Sie werden ihn weiter suchen und in den Knast stecken, so lange sie ermitteln. Und was dann letztendlich rauskommt, kann keiner sagen! Wenn die keine Beweise für unsere Behauptungen finden, wird Erik der Schuldige

202

bleiben! Wir brauchen Beweise!"

Augustus hatte recht, …. wieder mal. Aber was sollten wir tun?

„Wie willst du an Beweise kommen. Denkst du nicht, Klara ist Beweis genug?"

Ich konnte nicht verstehen, warum Augustus zögerte. Was brauchte er denn noch?

„Sie kann zwar gegen die beiden aussagen aber das war's dann auch schon. Sie hat nichts in der Hand, außer ihre Geschichte. Sieh sie dir an. Jeder sieht, dass sie misshandelt wird und das wird man mit Sicherheit auch hinterfragen. Man wird die beiden vernehmen. Aber du glaubst doch nicht, dass die die Wahrheit sagen werden! Die werden Klara ans Messer liefern und im schlimmsten Fall geht sie anstatt der beiden in die Geschlossene."

Mariana sank in den Sessel neben der Couch.

„Du hast recht. Das ist erst einmal nur eine Geschichte. Nicht mehr und nicht weniger.

Wenn wir nicht beweisen können, wer vor allen Dingen Ammelie damals umgebracht hat, wird Erik nicht frei sein. Die anderen Morde, o.k.. Die betreffen Erik nicht. Er wurde wegen Ammelie's Tod verurteilt und den gilt es vorrangig zu beweisen. Was sollen wir also tun? Was schlägst du vor?"

Augustus war anzusehen, dass er selber ein Stück weit ratlos war, im ersten Moment. Dann allerdings wandte er sich entschieden zu Klara und meinte:

„Es tut mir leid, Klara, dass ich das jetzt von dir verlangen muss aber ich sehe keine andere Möglichkeit. Hinzu kommt, dass wir schnell handeln müssen, um, wie schon gesagt, weitere solch schreckliche Taten zu verhindern. Auch wir machen uns ein Stück weit schuldig, wenn wir länger zusehen und nichts unternehmen und das wird man uns später zur Last legen.

Nun Gut, ... Klara, ... es muss sein, ... wir müssen deinen Sohn zur Rede stellen. Du musst deinen Sohn zur Rede stellen und ihm klar machen, dass er sich stellen muss und zwar so konsequent und mit Entschlossenheit, dass ihm klar wird, dass das die einzige Möglichkeit ist, die ihm bleibt. Im Klartext: Du wirst ihm ganz deutlich zu verstehen geben, dass du zur Polizei gehen wirst, wenn er das nicht tut! Er muss verstehen, dass es keinen Ausweg mehr gibt und diese Entscheidung für ihn und auch für alle anderen die Beste ist und vor Allem die einzige, die es geben darf!

Ich weiß, was wir da von dir verlangen aber auch du musst verstehen, dass es für dich als Mutter ebenfalls keine andere Entscheidung geben darf, wenn du Kevin irgendwie helfen willst. Du machst dich mitschuldig an allem, was passiert! Wie willst du das verantworten!

Wenn du ehrlich zu dir selber bist, weißt du das! Kevin kann nur in einer Anstalt geholfen werden!

Er ist sehr schwer krank und gefährlich, verstehst du!"

Klara saß da, die Augen zum Boden gesenkt und Tränen liefen in Strömen über ihr Gesicht. Trotzdem war es ein leises Weinen, ohne Schluchzen, ohne irgendwelche Laute. Sie war in sich zusammen gesunken, völlig regungslos. Es liefen einfach nur ihre Tränen. Wenn ich sie so sah, wünschte ich mir, eine andere Möglichkeit zu finden, um ihr das nicht antun zu müssen, aber mir, … uns, … war klar,dass es nur diese eine gab und auch geben durfte. Kevin musste weggesperrt werden, daran gab es keinen Zweifel!

Außerdem hatte ich schon das Gefühl, dass ein Stück weit auch Erleichterung in ihr zu sehen war. Das erklärt wohl diese völlige Leere und diese haltlosen Tränen, die ihr immer noch unaufhaltsam über die Wangen liefen. Ich ging in die Küche, um ihr Taschentücher zu holen. Wortlos reichte ich ihr diese und alle drei standen wir vor ihr und ließen sie gewähren. Sie brauchte diesen Moment einfach und den mussten wir ihr auch zugestehen.

Wie schlimm muss es doch für eine Mutter sein, so etwas zu tun. Was geht in ihr vor, wenn sie sich eingestehen muss, dass ihr Sohn ein gefährlicher Mörder ist, der vor nichts und niemandem zurückschreckt!? Ich versuchte, den Kloß in meinem Hals und meine Tränen zu unterdrücken, indem ich tief Luft holte und mich zu ihr kniete.

Ich nahm sie einfach in den Arm. Ich weiß nicht aber ich musste das einfach tun. Sie tat mir so unendlich leid. Klara ließ mich gewähren und ich hatte das Gefühl, sie war froh darum.

Keine Ahnung, wie lange wir da so verharrten, mir war jedes Zeitgefühl verloren gegangen in diesem furchtbaren Moment.

Augustus brach schließlich das Schweigen und holte uns in den Moment zurück, der für uns alle, vor allem aber für Klara wohl der schlimmste sein wird, den sie je erlebt hat und erleben wird, denke ich. Uns war bewusst, was das für sie bedeuten musste.

Das Schlimmste im Leben einer Mutter

„Klara, du wirst jetzt Kevin anrufen. Du wirst ihm sagen, dass du alles weißt und von ihm verlangst, dass er sich bei der Polizei stellt. Mach ihm auch klar, dass es keinen Ausweg mehr gibt. Gib ihm deutlich zu verstehen, dass du ihn sonst verraten wirst.

 Denke daran, es ist nur zu seinem Besten!"
Klara nickte kraftlos mit dem Kopf und griff nach Augustus´ Handy .Mit zitternden Fingern wählte sie Kevin´s Nummer. In ihren Augen war nur Leere. Regungslos saß sie da und wartete einfach nur, bis Kevin abhob. Als sie zu sprechen anfing, konnte man in ihrer Stimme keinerlei Gefühl spüren. So leer und starr, wie ihre Augen waren, konnte man auch ihre Stimme empfinden. Es war einfach grauenvoll, das miterleben zu müssen. Ohne jede Regung in ihrer Stimme, in gleichbleibendem Ton, fing sie an zu sprechen:

„Kevin, ...ich bin´s, …. Mama. Papa hat mich fast zu Tode geprügelt, weil ich wieder mal für dich lügen sollte. Ich werde das nicht mehr länger dulden und ich werde nicht mehr länger schweigen. Es ist vorbei. Du wirst zur Polizei gehen und dich stellen oder ich werde das tun. Du hast zwei Stunden Zeit. Du mordest und verlangst von mir, dich dafür zu decken. Ich kann das nicht mehr. Lieber gehe ich auch ins Gefängnis.

Nochmal. Du hast zwei Stunden zeit, dich zu stellen oder ich gehe zur Polizei. Du musst dir helfen lassen, professionell helfen lassen. Ich werde es nicht mehr tun, kann es nicht mehr tun."

Augustus griff ihr ins Handy und stellte den Lautsprecher an, so hörten wir mit. Erst einmal war da eine Pause, nur sein schwerer, unregelmäßiger Atem war zu hören, der uns seine Aufregung und auch Angst verriet.

„Das kannst du nicht tun, Mama! Ich bin dein Sohn! Wie kannst du mir das antun! Warum verrätst du mich!"   Wut, Enttäuschung aber auch Angst und Hilflosigkeit schwangen in seiner Stimme mit. Klara aber blieb weiterhin absolut regungslos, ich möchte sagen, gefasst.

„Es tut mir leid, Kevin. Du bist mein Sohn und ich liebe dich aber ich werde nicht länger schweigen und einen Mörder decken und vor allem weiter morden lassen.

Du bist unberechenbar und brauchst ohne jeden Zweifel Hilfe!

Geh also und tu was ich dir sage. Ich werde immer für dich da sein, dich immer lieben und dich auf schweren diesem Weg begleiten."

Man konnte aufeinmal bemerken, dass Kevin´s Stimmung plötzlich von Wut in totale Verzweiflung wechselte, schlagartig, würde ich sogar sagen. Schon fast winselnd fing er an zu sprechen:

„Bitte, Mama, ich kann das nicht. Bitte verlange das nicht von mir. Ich verspreche dir, ich mache nichts mehr. Bitte,….. du kannst mich zuhause einsperren, wenn du willst. Ich mache alles aber schicke mich nicht wieder in diese Anstalt. Das kann ich nicht nochmal. Das schaffe ich nicht.

Mama! Hörst du! Ich kann das nicht!"

Kevin schluchzte ins Telefon, wie ein kleiner Junge und man konnte hier schon deutlich bemerken, dass sein Zustand in keinem Fall mit dem eines normalen, gesunden Menschen zu vergleichen war. Wir schauten alle drei ängstlich auf Klara. Es war nur verständlich, wenn sie jetzt weich wurde. Es war ihr eigen Fleisch und Blut. Ich weiß nicht ob ich das könnte. Das wurde mir gerade in der Situation so richtig bewusst. Klara aber blieb hart. Sie gab nicht mehr nach. Augustus hatte ihr allem Anschein nach wirklich deutlich genug zu verstehen gegeben, dass es die einzig richtige Entscheidung, der einzig richtige Weg war.

Es tut mir leid Kevin aber meine Entscheidung steht fest. Du wirst dich für das, was du getan hat verantworten müssen. Man wird dir dabei helfen und das ist gut so. Bitte geh jetzt zur Polizei. Ich werde zwei Stunden warten und mich dann ebenfalls auf den Weg dorthin machen.

Ich liebe dich, mein Sohn. Glaube mir, es ist das Beste und einzig Richtige für dich und der Tag wird kommen, an dem du das verstehen wirst. Dann wirst du froh sein, dass du diesen Weg gegangen bist."

„Mama, ... bitte, ich kann nicht, ...

ich will nicht, ...

so versteh mich doch! ......"

Klara legte auf. ....

Eisige Stille beherrschte den Moment.

Der Atem stockte uns. Keiner sagte auch nur ein Wort. Klara hatte ihren Blick zwar zu mir gerichtet aber sie sah einfach durch mich hindurch. Wie ein Geist. Es schien, als wäre die Zeit stehen geblieben. Mariana war es diesmal, die diesen „Bann" brach:

„Es ist geschafft. Gott, warst du tapfer, Klara. Ich bewundere dich dafür. Jetzt kommt es auf Kevin an. Ich bete zu Gott, dass er vernünftig ist. Wenn er sich nicht stellt, haben wir nun keine andere Wahl. Dann müssen wir zur Polizei. Keine Ahnung, was dann passiert. Was denkst du, Klara. Du kennst deinen Sohn. Wird er auf dich hören?"

„Ich weiß nicht. Er war total verzweifelt.

Trotzdem können sich seine Stimmungen ganz furchtbar und auch extrem schnell ändern. Er ist im einen Moment total verzweifelt, im nächsten Moment ist er voller Wut und zerstört alles um sich herum. Das macht ihn ja auch so unberechenbar und gefährlich. Ich habe angst um ihn, ehrlich gesagt. Man kann einfach keine Situation einschätzen. Konnte man noch nie.

Ich bin ehrlich oder soll ich sagen erstaunt, denn irgendwie bin ich gerade ein wenig erleichtert. Es ist, als ob eine Tonne Last von meinen Schultern abgefallen wäre. Ich sollte mich für dieses Gefühl eigentlich schämen aber dank eurer Hilfe weiß ich zu hundert Prozent, dass ich das Richtige getan habe! Wenn ich mir auch nicht sicher bin, dass er sich freiwillig stellen wird. Dann wird es nochmal schwer für mich, denke ich.

Der Weg zur Polizei wird mich viel Kraft kosten!"

Ich saß ja ohnehin neben Klara also zog ich ihren Kopf an meine Schulter, um sie zu stärken. Hätte ich allerdings da schon gewusst, was passieren würde, wäre ich nicht so ruhig gewesen…..

Nun galt es natürlich abzuwarten. Man kann sich gar nicht vorstellen, wie lange zwei Stunden sein können. In dieser Zeit geht einem alles Mögliche durch den Kopf.

Ich aber ertappte mich dabei, dass meine Gedanken immer wieder bei Erik landeten. Zum ersten Mal in diesen ganzen Tagen, konnte ich hoffen, ihn doch wieder zu sehen. Immer wieder ertappte ich mich dabei, wie ich mir vorstellte, in seinen Armen zu liegen und ihn endlich und wahrhaftig zu küssen! … Nicht nur in meinen Träumen ….! Schnell schreckte ich aber dann hoch und versuchte mich wieder auf die Situation zu konzentrieren. Schließlich war es noch nicht ganz vorbei und ich wollte bei Klara sein, um sie zu unterstützen und ihr Kraft zu geben.

Dieses Warten war wirklich schrecklich. Jeder hoffte aber keiner konnte sagen, was passieren würde. Eineinhalb Stunden waren inzwischen vergangen und Klara wurde langsam nervös.

„Irgendwas stimmt nicht. Ich spüre das. Glaubt mir. Er hätte sich schon lange melden müssen. Denn, wenn er sich gestellt hätte, wäre er unmittelbar nach dem Telefonat gegangen. Er bräuchte zehn Minuten dorthin.

Er wird sich nicht stellen. Ich bin mir sicher.“

Ich sah die Angst und die Unruhe in Klara´s

Augen und versuchte auf sie einzugehen.

„Aber, was glaubst du wird er dann tun? Er kann doch nicht aus. Die werden ihn doch so oder so suchen und finden, wenn du gegen ihn aussagst. Oder denkst du, er hat dich nicht ernst genommen?"

„Doch, er kennt mich genau. Ihm ist vollkommen klar, dass ich handeln werde. Das macht mich ja so nervös. Wenn ihm die Sicherungen durchbrennen, weiß ich nicht, was er anstellt. Genau das macht ihn absolut gefährlich!"

Augustus und Mariana ließen sich von Klara's Unruhe anstecken und hatten schon auch kein gutes Gefühl mehr bei der ganzen Sache. Automatisch übertrug sich diese Unruhe natürlich auch auf mich. Während ich noch überlegte, was wir tun sollten, hatte Augustus bereits eine Entscheidung gefasst:

Ruf ihn nochmal an, Klara. Vielleicht kannst du ihn zur Vernunft bringen."

Klara nickte. Sie hielt das wohl auch für das Beste. Sie nahm das Handy und wählte…….

„Mist, er geht nicht mehr ans Telefon! Das ist nicht gut! Das ist kein gutes Zeichen! Ich hatte recht! Irgendwas stimmt da nicht! Das macht mir Angst! Ich glaube, es ist etwas Schreckliches passiert. Ich hab ein schreckliches Gefühl!"

Ein entsetzliches Ende

Klara klang aufgewühlt und sehr beunruhigt, als hätte sie eine Vorahnung gehabt. In diesem Augenblick kam eine Nachricht auf Augustus´ Handy. Klara hatte es noch in der Hand, reichte es ihm aber, um zu lesen. Augustus sah auf die Nachricht und während er las, wurde er kreidebleich. So hatte ich ihn bisher noch nicht erlebt. Wir beobachteten ihn natürlich und uns wurde sehr schnell klar, dass es eine wirklich schreckliche Nachricht sein musste. Sollte Klara etwa recht behalten, mit ihrer Ahnung?

Mariana sah Augustus ängstlich an und fragte: „Bitte Augustus, was ist passiert? Du bist kreidebleich. Bitte, so sage es uns doch!"

Augustus sank in den Stuhl und sah mit Tränen in den Augen zu Klara. Ich glaube Klara wusste sofort, was los war, denn schlagartig liefen auch ihr Tränen übers Gesicht und ihr Blick trübte sich.

Voller Schmerz fing sie an zu sprechen:

„Nein,…… bitte sag, dass das nicht wahr ist! Augustus, sag, dass ich mich irre! Dass das, was ich spüre nicht echt ist! Das darf nicht sein! Nein, …. Nein, …. das ist nicht wahr, ….neeeeiiiiinnn!!!"

Klara war inzwischen hoch gesprungen und hatte sich an Augustus´ Schultern geklammert, um ihn zu schütteln, so, als wollte sie diese schreckliche Nachricht aus ihm raus schütteln. Als wollte sie diese Antwort, die er auf den Lippen hatte durch dieses Schütteln vernichten. Augustus versuchte, sie zu stoppen und ihre Hände festzuhalten. Es gelang ihm aber nicht und sie schlug mit ihren Händen auf seine Brust ein, bis sie schließlich kraftlos in seine Arme sank und laut anfing zu schluchzen:

„Was habe ich getan!! Ich habe ihn umgebracht!!! Warum habe ich das getan!!! ich habe ihn in den Tod getrieben!!!"

Mariana und ich standen zuerst nur da, wie angewurzelt. Keine von uns beiden konnte gerade fassen, was da jetzt geschehen war. Wir rangen nach Fassung und versuchten, die richtigen Worte zu finden, um Augustus unterstützen zu können. Wir blickten uns in die Augen und wussten, wir mussten uns jetzt um Klara kümmern. Gemeinsam gingen wir also auf sie zu und zogen sie von Augustus weg, um ihm etwas Freiraum zu schaffen. Ich drängte Klara langsam zum Sofa zurück und setzte mich neben sie. Mariana setzte sich auf die andere Seite und fing an, auf sie einzureden.

„Du bist nicht schuld Klara! Auf keinen Fall!! Rede dir das, um Gottes Willen jetzt nicht ein!!

Es war Kevin´s freie Entscheidung zu gehen!!
Klara!! Ich weiß, dass das jetzt schwer ist aber
du musst es akzeptieren! Es war Kevin´s Wille,
zu gehen!!
Er wusste, was ihn erwarten würde und für ihn
war klar, dass er das nicht schaffen würde. Für
ihn, in seinen Augen, von seiner Krankheit
getrieben, gab es nur diesen einen Ausweg. Wir
müssen nun überlegen, was wir tun……."
Augustus unterbrach Mariana: „Es tut mir leid,
Klara aber ich muss die Nachricht vorlesen. So
kannst du ihn vielleicht besser verstehen und
der Abschied fällt dir leichter. Mariana nahm
Klara in den Arm und sagte:
„Beruhige dich, meine Liebe.Es ist schwer aber
wir sind für dich da und werden diesen
schweren Weg mit dir zusammen gehen"
Augustus begann zu lesen:
„Liebste Mama,
wenn du diese Nachricht liest, bin ich bereits
tot. Bitte gräme dich nicht. Du bist die
wundervollste Mutter der Welt und ich möchte
dir sagen, dass du mit jedem Wort recht hattest.
Ich bin schuldig und ich kann nicht so weiter
machen. Es stimmt, ich muss mich stellen. Aber
bitte verzeih mir, ich möchte das so machen,
wie ich das für mich gut und richtig finde. Ich
bin mir sicher, du wirst das verstehen. Ich habe
den Schlüssel meines Schließfaches und die

216

Adresse dazu in den Postkasten geworfen. Papa ist nicht da, hat also nichts mitbekommen.

In dem Schließfach liegt ein umfassendes Geständnis und meine wichtigsten Dinge, die nun in deinen Besitz übergehen sollen. Noch einmal, liebste Mama. Du hast keinen Fehler gemacht. Im Gegenteil, ich bin froh, dass endlich alles vorbei ist, weil du mir die Augen geöffnet hast. Für mich kommt nun die Erlösung.
Ich liebe dich!"

Augustus ließ das Handy auf den Tisch gleiten. Natürlich überlegten auch wir ob das alles richtig war, ob wir das Recht hatten, Klara zu diesem Schritt zu drängen. Allerdings gab es einfach keine andere Alternative und ich denke, das war auch Klara absolut bewusst. Kevin´s Brief tat sein übriges dazu und so schlimm ich das fand, was er getan hat, ich bin der Meinung, er hat wirklich Größe gezeigt jetzt zum Schluss. Nicht jeder, der so krank ist, kann das.

„Wie soll ich denn jetzt ohne ihn leben? Ich liebe ihn doch. Wie soll ich den Schmerz ertragen? Wie soll es weiter gehen?"

Klara war am Ende und so fertig, dass sie nicht einmal mehr weinen konnte. ...... Dann sprang sie auf einmal hoch, wie von einer Tarantel gestochen und fing an, aufzuzählen:

„Wir müssen sofort die Schlüssel holen, dann das Postfach suchen und den Brief, …. die Sachen, …was er da wohl drin hat, ein Geständnis, …. was hat er da wohl geschrieben, ….. und wo wird er jetzt sein, … wo hat er wohl, …. mein Gott, was hat er nur getan, …… wie hat er wohl? ….. „

Klaras anfangs laute Stimme änderte sich während ihrer ´Aufzählung´ von laut in immer mehr klagend und weinerlich, fast verzagend, bis sie dann letztendlich ganz verstummte und wieder begann, zu weinen. Es war schlimm, sie so zu sehen.

„Beruhige dich, Klara. Denke daran, was dein Sohn geschrieben hat. Es ist gut, so wie es ist. Wenn es gut ist für ihn, soll es für dich auch gut sein.

Du hast nun einen weiten Weg vor dir. Der wird nicht leicht, klar! Am ende dieses Weges aber wirst du frei sein und ein Leben führen können, wie wir das tun. Ganz normal, ohne irgendwelchen Wahnsinn, ohne Angst vor Missbrauch und ohne die grausame Tatsache, einen Mörder decken zu müssen. Allem voran aber ohne deinen Mann! Keine Tyrannei mehr, keine Schmerzen mehr, keine Angst mehr. Wir werden dir dabei helfen und du wirst sehen, schon bald wird es dir besser gehen!"

Augustus´ Stimme zu hören war wie immer mit angenehmer Ruhe zu vergleichen und so profitierten wir alle drei davon.

Mariana ging in die Küche und ein paar Minuten später kam sie mit vier leckeren Cappuccini wieder.

„Das war eine gute Idee. Das wird uns jetzt gut tun."

Ich nahm eine Tasse und der erste Schluck war richtig angenehm und baute mich ein wenig auf. „Trink Klara, das tut wirklich gut. Ich denke, dann machen wir uns auf die Socken. Wir holen die Schlüssel, ehe dein Mann auftaucht und fahren zu dem Schließfach. Denkst du, du bist in der Lage dazu?"

Klara trank, atmete tief durch und antwortete: „Ja, es ist das Letzte, was mir von meinem Sohn bleibt. Ich möchte es vor der Polizei finden. Ich will nicht, dass mir das weggenommen wird"

Augustus schaltete sich ein und holte Klara ein wenig zurück auf den Boden der Tatsachen.

„Das wird nicht gehen, Klara. Wir können zwar die Dinge holen und du kannst sie sehen und auch den Brief, also das Geständnis, lesen aber das sind Beweise und wir müssen sie erst einmal der Polizei übergeben. Ich werde dabei sein und dafür sorgen, dass du sie alle unbeschädigt wiederbekommen wirst, O.K.?"

Klara wirkte im ersten Moment etwas enttäuscht und traurig, hatte sich aber schnell wieder gefangen.

„Stimmt, wir müssen damit zur Polizei, um Erik zu entlasten. Nun, so sei es. Lasst uns gehen und diese furchtbare Geschichte zu ende bringen!"

Klara stellte die Tasse auf den Tisch, ging ins Bad und kam nach ein paar Minuten wieder zurück. Man konnte sehen, dass der Blick in den Spiegel nochmal großes Entsetzen in ihr auslöste. Dennoch ging sie zielstrebig zur Garderobe.

„Kommt, lasst uns gehen. Darf ich mir eine saubere Jacke und vielleicht eine Mütze oder so ausborgen? Meine Sachen sehen nicht mehr gut aus."

Augustus ging ins Schlafzimmer und holte eine saubere Jacke, eine Kappe und ein Tuch.

„Hier, ich weiß nicht, was dir lieber ist."

„Ich nehme alles. Dann kann ich mehr von den Wunden verdecken und die Leute brauchen mich nicht so anzustarren.Gut. Gehen wir. Bringen wir es hinter uns."

Auch wir zogen uns an und machten uns dann auf den Weg. Augustus fuhr uns und es dauerte nicht lange, bis wir schließlich an Klara´s Haus waren.

„Willst du selber gehen oder soll ich das für

dich tun, Klara?"

Augustus fragte zwar, hatte aber die Autotür schon geöffnet.

„Nein, geh nur. Ich bin froh, wenn ich nicht dorthin gehen muss."

Es war erstaunlich. Klara wusste, ihr Sohn ist tot. Trotzdem war sie in der Lage, sortiert zu denken und zu handeln. Das viel mir zuhause schon auf. Jeder andere wäre wohl panisch und völlig überstürzt aus dem Haus gelaufen. Klara dagegen nahm einen Schluck Cappuccino und machte sich ganz gefasst Gedanken um ihr Aussehen, ihre Schrammen! Ich denke, dass das wohl so eine Art Schockzustand war.

Augustus stieg aus, sah sich um ob jemand zu sehen war und ging schnell zum Postkasten.

Er holte alles raus und kam zurück. Er gab den Schlüssel und den Zettel Klara und startete den Wagen. Es war besser, schnell wieder von hier zu verschwinden.

„Was steht auf dem Zettel, Klara. Ich brauche die Adresse. Wo muss ich hinfahren?"

„Zum Bahnhof und eine Nummer."

Klara gab Augustus den Zettel, er warf ein Auge drauf. Stimmt, da stand nur Bahnhof und eine Nummer.

„Also gut, auf zum Bahnhof. Bist du bereit?"

„Ja, bringen wir es zu Ende."

Augustus nahm Klara's Hand und bekräftigte sie:

"Es ist gut so. Der richtige Weg.

Es ist schwer aber richtig.

Denke immer daran."

"Ja, ich weiß. Ich muss mich damit abfinden aber ich habe in euch wirklich gute Freunde gefunden und bin euch so dankbar für alles! Ihr habt mir die Augen geöffnet. Keine Ahnung, wie lange ich das alles noch geschafft hätte ...... und vor allen Dingen, wie viele Menschen noch gestorben wären, durch mein Schweigen! Was wird wohl mit mir passieren, Augustus? Denkst du, ich muss auch ins Gefängnis? Ich habe so lange geschwiegen."

"Das glaube ich nicht. Du wurdest bedroht. Dein Mann hat dich erpresst. Du hast also aus Angst vor deinem Leben geschwiegen. Wichtig ist nur, dass du denen die ganze Wahrheit erzählst. Und ..... Mach dir keine Sorgen. Ich habe mit Mariana beschlossen, dass du erst mal zu ihr ziehst. Dort wirst du sicher sein und vor allem nicht alleine."

Klara war froh und erleichtert über Augustus' Worte, das konnte man ihr ansehen.

In der Zwischenzeit waren wir am Bahnhof angekommen. Wir machten uns also auf den Weg zu den Schließfächern. Schnell war das richtige gefunden. Augustus öffnete und Klara griff in das Fach. Sie war angespannt und zögerlich, schließlich waren das die letzten Dinge, die ihr von ihrem Sohn blieben. Es war nicht viel. Ein Brief, auf dem Mama stand und ein paar persönliche Dinge in einer Schatulle. Allerdings reichte das schon, um Klara aus der Fassung zu bringen. Sie fing wieder laut zu schluchzen an. Augustus nahm sie in den Arm und sagte:

„Komm, Klara, lass uns zurück zum Auto gehen. Dort kannst du in Ruhe alles anschauen und den Brief öffnen. Hier ist nicht der richtige Ort."

Klara nickte und wir gingen zum Auto. Während Augustus losfuhr, öffnete Klara den Brief, jedoch hielt sie inne und gab ihn Mariana:

„Bitte, Mariana, lies du. Ich kann das nicht."

Wie wir erwartet hatten, beinhaltete der Brief ein umfassendes Geständnis. Kevin erklärte alles, was geschehen war. Es stimmte, er war Ronja verfallen und blind vor Liebe. Wir hatten recht mit unserer Vermutung. Er tötete Ammelie aus Liebe zu Ronja, in der Hoffnung, sie würde dann ihm gehören. David war wohl dahinter gekommen und hatte Ronja zur Rede gestellt. Daraufhin hat sie ihn kaltblütig von der Straße gedrängt. Als der arme Kerl dort im Auto lag und sich nicht mehr befreien konnte,

223

…….. wohl wissend, dass er noch am Leben war, …….. holte sie nicht den Notarzt, sondern rief Kevin an.

Er musste David für sie „erledigen", wie sie sagte. Kevin hatte zu diesem Zeitpunkt schon keine andere Wahl mehr, denn sie erpresste ihn und so tötete er auch David. Die Leiche ließen sie dann verschwinden, um den Mord zu vertuschen. Deshalb also das viele Blut im Auto. Er beschrieb alles bis ins kleinste Detail, auch, wo die Leiche zu finden war.

Nun stand also endgültig auch David´s Tod fest.

All die Jahre war er Ronja verfallen, liebte sie abgöttisch, während sie ihn nur benutzte, regelrecht zu ihrem Werkzeug machte. Als Kevin damals nach diesem furchtbaren Mord nachhause kam, hat sein Vater Wind bekommen. Kevin musste ihm davon erzählen. Der half ihm dann, die restlichen Spuren und Beweise verschwinden zu lassen. Kevin beschrieb genau, wo sie die hinbrachten. Über die Jahre war Frieden eingekehrt. Ronja behielt Kevin als ihr kleines „Spielzeug" sozusagen. Erst, als ich auftauchte, fing alles von vorne an. Ronja wusste natürlich, dass Erik geflüchtet war und spürte ihn auf oder besser, Kevin musste ihn aufspüren.

Sie wusste genau, wo er sich aufhielt. So war

natürlich klar, dass ich im Weg war, denn es war „ihr" Erik. Niemand durfte ihn haben. Das hatte sich all die Jahre nicht geändert. Dann allerdings passierte etwas, mit dem sie nicht gerechnet hatte. Kevin wandte sich gegen sie. Er wollte und konnte nicht mehr. Er wollte sich nicht mehr erpressen und verarschen lassen. So geschah es, dass er nicht mich tötete, wie Ronja das von ihm verlangte, sondern sie erschoss.

Er wollte endlich „Frieden" haben, wie er das beschrieb.

 Es lief mir eiskalt den Rücken hinunter als Klara das vorlas.

Wie nahe ich doch dem Tode war!!
Wie gefährlich das Ganze war!!
Und welch großes Glück ich doch hatte, noch zu leben!!

Auch bei dieser Leiche half tatsächlich Kevin´s skrupelloser Vater. Was für ein brutaler und schrecklicher Mensch! Aber das würde auf jeden Fall reichen, um ihn für lange Zeit hinter Gitter zu stecken. Da war ich mir sicher. Klara war also in Sicherheit und konnte ein neues Leben beginnen.

Allerdings gab Kevin den Ort, an dem er sich selbst tötete in diesem Brief nicht bekannt. Die Polizei musste also nach ihm suchen.

Als Mariana den Brief fertig gelesen hatte, war eine absolute Stille im Wagen. Keiner von uns sagte auch nur ein Wort. Das war alles so unglaublich, so irreal, jeder versuchte das, was geschehen war, zu verstehen, zu realisieren. So viele Morde, soviel Gewalt!! Wie kann es sein, dass Menschen zu solchen Dingen fähig sind!! Und wo war Kevin?? Trotz des furchtbaren Entsetzens, das mir noch immer in den Knochen steckte, kehrten allerdings langsam meine Gedanken wieder zu Erik zurück.

Wie benebelt saß ich da im Auto
und Stück für Stück begann ich,
zu verstehen, dass es vorbei war!!
Ich konnte zu Erik!!
ich konnte ihn anrufen!!
Wiedersehen!! Mein Gott!!
Diese ganze verdammte Mist
hatte ein Ende!!

Ich glaube, Augustus und Mariana waren ebenfalls gerade dabei, zu kapieren, dass es vorbei war. Mariana saß hinten mit Klara und ich bemerkte, wie sie Augustus ihre Hand auf die Schulter legte und die beiden Blicke im Spiegel austauschten. Klara brauchte wohl noch längere Zeit, um darüber hinweg zu kommen. Aber wir werden sie nicht im Stich lassen und auch sie wird eines Tages wieder lachen können.

Mona hat es geschafft

Ich ertappte mich dabei, dass meine Gedanken immer mehr abschweiften. Weg von den ganzen Geschehnissen, hin zu Erik. Eine wahnsinnige Nervosität machte sich in mir breit. Also, ich weiß nicht ob es Nervosität war. Eher vielleicht Freude. Immer mehr wurde mir klar, dass ich ihn bald wiedersehen würde.

Ich hatte es geschafft!!
Meine Liebe zu Erik
hat mir geholfen
die Wahrheit zu enthüllen!!

Ich musste ihn endlich anrufen! Oder sollte ich besser warten, bis wir bei der Polizei waren? Was war denn richtig? Wie dachten die anderen darüber? Aber vielleicht war es jetzt taktlos, vor Klara davon anzufangen?

Ich beschloss, noch einen Moment zu warten. Kurz darauf aber fing Augustus davon an:

„Erik! Wir müssen Erik finden! Er muss das wissen! Ich denke, er muss mit zur Polizei, um alles aufzuklären. Was denkt ihr?"

„Ich weiß nicht, Augustus. Nicht, dass die ihn gleich abführen, wenn der da auftaucht. Ich glaube wir sollten erst alleine dort hingehen. Vielleicht, …. ich denke, ….. Mariana sah mich

227

an, mit einem großen, warmherzigen lächeln. Ich denke, wir sollten Mona bei sich zuhause absetzen. Den Rest können wir alleine erledigen. Wir haben ja alles schriftlich und werden sie bei der Polizei nicht brauchen. Sie kann dann Erik anrufen. Ich glaube, die beiden haben einiges zu besprechen."

Mariana zwinkerte mir verschmitzt zu. Wie wundervoll diese Frau doch war. Sie konnte wirklich meine Gedanken lesen. Nicht im Traum hätte ich für möglich gehalten, Erik heute noch sehen zu können. Vor Aufregung blieben mir

die Worte im Hals stecken. Ich musste mich erst mal räuspern, bevor ich was sagen konnte.

„Ohhh, ….. also, wenn das ginge, …… also das

wäre, ….. ich, ….. das wäre einfach

wunderbar!!

Augustus und Mariana lachten verständnisvoll und sogar Klara musste lächeln. Man konnte mir wohl meine Verliebtheit aus hundert Meter Entfernung ansehen. Augustus bog also ab und brachte mich heim.

Mein Herz pochte bis zum Hals. Ich konnte es kaum noch erwarten. Bald würde ich ihn wiedersehen!! Es waren nur wenige Minuten bis zu meiner Wohnung aber ich hatte das Gefühl, es würde eine Ewigkeit dauern.

Endlich dort angekommen, gab ich Augustus einen Kuss auf die Wange.

„Danke," sagte ich leise. Ich stieg aus, ging zur hinteren Tür, öffnete sie und nahm Klara in den Arm:

„Wir sehen uns morgen bei Mariana, O.K.? Denk daran, du bist nicht alleine. Alles wird gut."

Ich griff nach Mariana´s Hand, drückte sie und bedankte mich auch bei ihr.

„Vielen Dank, meine Liebe. Wir sehen uns morgen."

Mariana zwinkerte mir nochmal zu:

„Lass dir Zeit," grinste sie wieder verschmitzt und ich wusste genau, was sie dachte. Eine leichte Röte überzog mein Gesicht. Gleichzeitig wanderten natürlich meine Gedanken sofort wieder zu Erik und ließen mein Herz höher schlagen.

Nur noch wenige Augenblicke, bis ich seine Stimme hören konnte. Ich konnte es immer noch nicht glauben!

Völlig übermannt von all den Gefühlen, die ich seit Tagen versuchte, in den Griff zu bekommen, hastete ich die Treppen hoch. Irgendwie waren all diese furchtbaren Geschehnisse der letzten Tage plötzlich wie weggeblasen. An meiner Wohnungstür angekommen, jappste ich nach Luft und suchte nach dem Schlüssel. Endlich, ….. da ist dieses Scheißding ja! Ich war so nervös, dass ich kaum in der Lage war, diese blöde Tür aufzusperren! ′Nun geh schon auf, du Mistding′! ……. Ahhh, jetzt! Ich konnte mich nicht erinnern, wann ich jemals so aufgeregt war. Mein Herz pochte so sehr und ich war so außer Atem, dass ich dachte, ich würde jeden Moment einen Herzinfarkt bekommen. Total atemlos stand ich jetzt mitten in meiner Wohnung und versuchte irgendwie meine Beherrschung wieder zu erlangen. Langsam ging ich zur Couch, um mich zu setzen. Stück für Stück sortierten sich meine Gedanken und mir wurde klar, dass das tatsächlich nun wahr geworden war! Nur noch wenige Augenblicke und ich konnte Erik′s Stimme hören und ihn schließlich auch sehen. Als ich endlich meine Fassung wieder gefunden hatte, griff ich zum Telefon. Aber alleine der Gedanke daran, dass ich mit ihm sprechen würde, brachte mich wieder völlig aus der Fassung. Was sollte ich nur sagen!? Ich kannte mich und wusste, dass ich meine Worte nicht steuern konnte, wenn ich so nervös war. Dann sprudelte alles aus mir heraus, wie bei einem Wasserfall und ich wollte mich doch auf keinen Fall blamieren! Ich begann, tief zu atmen, bis ich soweit in der

Lage war, einigermaßen ruhig zu sprechen. Dann holte ich seine Nummer aus der

Tasche und begann zu wählen. Es war nicht zu beschreiben, was ich da gerade fühlte! Da! Es klingelte! …….. Meine Güte! ……… Mir stockte der Atem! ….. Und dann! …….. Seine Stimme erklang:

„Ja," hörte ich nur. Unfassbar! …….. Es war wie im Märchen!

„Hallo?" Für einen Moment konnte ich nichts sagen, deshalb musste er also nachfragen. Ich stotterte in den Hörer, wie ein kleines Kind:

„J-j-j-jaaaa, …… also, …. ich, ……. hier ist Mona. Also, ….. das Mädchen aus der U-Bahn, i-i-ich weiß nicht, ….. kannst du dich an m-m-m-mich erinnern?"

Ich wusste es!!! Ich war nicht in der Lage, auch nur ein vernünftiges Wort raus zu bekommen! Das gibt's doch nicht! Am anderen Ende war eine kleine Pause, dann antwortete Erik:

„Ja, natürlich erinnere ich mich. Seit Tagen wünsche ich mir nichts mehr, als dass du dich meldest! Ich kann es nicht glauben. Ich stecke in schlimmen Schwierigkeiten, musst du wissen …….."

Ich fiel ihm ins Wort:

„Ohhh, ich weiß aber das ist vorbei! Deshalb rufe ich dich an!"

„Wie, ….. das ist vorbei? Du weißt doch gar nicht, was ich dir sagen möchte!"

„Doch Erik, ich weiß alles und ich möchte dir sagen, dass du außer Gefahr bist! Deine Unschuld ist bewiesen und Mariana Rosso und Augustus Jordan befinden sich in diesem Moment zusammen mit Klara Bergens auf der Polizeiwache, um deine Unschuld zu beweisen! Bitte komm zu mir, dann kann ich dir alles erklären."

Ich gab ihm schnell meine Adresse und Erik brachte irgendwie kein Wort mehr heraus. Er stammelte nur noch:

„Ja, …. also, ….. ich, ….. ich bin in etwas 30 Minuten da, ……!"

Mehr kam da nicht und ich hörte auch schon das Tuten in der Leitung. Wieder saß ich da und sortierte das Gerade geführte Gespräch.

Mona findet das Paradies

Plötzlich wurde mir klar, dass ich mich seit Tagen in den gleiche Klamotten befand und aussehen musste, wie eine Pennerin! Ohhhh, Mist! Ich musste ins Bad! Mich zurechtmachen! Ich konnte ihm doch unmöglich so zum ersten Mal gegenübertreten! Ich sprang hoch und raste wie eine irre gewordene durch die Wohnung. Überall lagen meine Sachen, weil ich tagelang nichts mehr aufgeräumt hatte! Was sollte der von mir denken. Schnell, das Geschirr ins Spülbecken und meine Klamotten in die Wäsche und dann ab ins Bad!

Auf dem Weg dorthin entledigte ich mich schon meiner Kleidung und schnell sprang ich in die Dusche. Das Wasser war noch nicht mal richtig warm aber das war mir egal. Ich schnappte kurz nach Luft und dann ging´s schon. Während ich mich schrubbte, überlegte ich schon, was ich denn anziehen sollte. Schnell sprang ich ins Schlafzimmer und während ich mich abtrocknete suchte ich schon nach der passenden Kleidung. Ich wollte auf keinen Fall übertreiben aber trotzdem musste ich ihm doch gefallen!

Gut, ….. also, ….. ich entschied mich für ein rotes Kleid mit ein wenig Ausschnitt. Dafür hatte ich schon mehrere Komplimente bekommen. Ohhhh Mann! Meine Haare! Ich vergaß, was ich für eine Mähne auf dem Kopf hatte! Dieser furchtbare Lockenkopf war nämlich kaum zu bändigen! Ich lief zurück ins Bad. Aber soweit sollte ich nicht mehr kommen!

Es klingelte!
Er war da!!!

Der Atem stockte mir! Ich konnte doch nicht! ……. Meine Haare! …… Ich sah aus, wie ein explodierter Handfeger! ……. Nervös starrte ich zur Tür:

„Moment! ….. Ei-ei-einen kleinen Moment! Ich komme gleich!"

Wie eine Irre raste ich ins Bad und versuchte verzweifelt, meine Haare zu bürsten. Da! Es klingelte schon wieder! Es half nichts! Ich musste öffnen! Ich rannte also zur Tür, versuchte nochmal mit ein paar Handgriffen, meine Haare zu ordnen und öffnete dann total außer Atem die Tür.

Da stand er!
Dieser wunderschöne Mann!

Und ich stand da auch. Die Augen genauso weit aufgerissen, wie den Mund. Keine Ahnung, wie lange ich da so stand! Bis mir

234

endlich bewusst wurde, wie ich da stand. Auf jeden Fall dämmerte mir langsam, dass Erik sich wohl köstlich über mich und mein super Gesicht, das ich machte, amüsierte! Das war unweigerlich seinem Grinsen zu entnehmen. Ich räusperte mich und weil mein dummes Gesicht noch nicht reichte, fing ich jetzt auch noch an, blöd rum zu stottern. Das konnte doch alles nicht wahr sein jetzt oder! Das war so was von typisch für mich! Am liebsten wäre ich im Erdboden versunken!

„E-E-Erik, ….. ich, ….. ja, ….. also, ……."

„Wie wär´s, wenn du mich einfach rein lässt?"

Wortlos trat ich zur Seite und ließ ihn durch die Tür. Ich räusperte mich und streifte nervös über meinen Rock. Erik hatte wohl Mitleid mit mir und erlöste mich, indem er mich einfach in den Arm nahm und so leidenschaftlich küsste, wie ich das nicht mal in meinen Träumen erlebt hatte! Ich schmolz regelrecht dahin in seinen Armen! Die Welt begann, sich zu drehen und ich glaubte, zu schweben! Wie sehr hatte ich davon geträumt, mich danach gesehnt! Es war das Wundervollste, das ich je erlebt hatte!

Langsam ließ er von mir, strich mir mit seinen Fingern über´s Gesicht, so, wie ich das in meinen Träumen erlebt hatte und ich fühlte ein nicht mehr enden wollendes Beben in meinem Körper. Trotzdem war mir klar, dass es erst mal noch viel zu klären gab und ich wieder zurück finden musste auf den Boden der Tatsachen.

„Wie sehr ich mich danach gesehnt habe, meine Liebste," hörte ich Erik sagen. „ Aber ich muss nun wissen, was du gemeint hast am Telefon. Wieso weißt du Bescheid und wieso bin ich frei. Wieso ist meine Unschuld bewiesen, wie kommst du dazu??"

„Setz dich, möchtest du was trinken?"

„Nein, …. ja, …..also ich würde einfach gerne alles auf einmal!"

„Na gut,dann komm einfach mit in die Küche und ich erzähle dir alles, während ich uns Cappuccino mache."

„Ja, das ist eine gute Idee." Wir gingen in die Küche und ich begann zu erzählen. Erik stand nur da, völlig entgeistert und hörte zu. Er hing wie gefesselt an meinen Lippen und konnte nicht glauben, was er da hörte. Mit dem Cappuccino in der Hand gingen wir zurück ins Wohnzimmer und setzten uns auf die Couch. Erik brauchte schon ein Bisschen, das alles zu verdauen aber er hat während der ganzen Zeit nicht aufgehört, mich mit Zärtlichkeiten zu liebkosen. Es viel mir richtig schwer, mich auf meine Worte zu konzentrieren.

„Du bist also frei von allen Vorwürfen, Erik. Nichts und Niemand kann dir mehr etwas tun. Ich denke Augustus und Mariana werden sich melden und uns sagen, wie es weiter geht. So lange haben wir Zeit für uns. Zärtlich sah ich ihm in die Augen und spürte all die Gefühle, die ich auch schon aus meinen Träumen kannte. Es war unbeschreiblich, was ich in diesem Moment empfand und augenscheinlich ging es Erik ganz genauso. Diese wahnsinnige Begierde schien uns beide in weit entfernte Sphären zu tragen und nur der Gedanke an das, was nun endlich wahr werden würde ließ uns zu Einem verschmelzen. Erik stand auf, nahm meine Hände und zog mich hoch. Langsam näherten sich seine Lippen den meinen und da war sie wieder, diese unendliche Magie, die ich in meinen Träumen schon zu spüren vermochte. Nur war es nun die Wirklichkeit und um ein Hundertfaches stärker!! Meine Sinne drohten zu schwinden und meine Knie schwankten. Ich sank einfach in die starken Arme dieses wunderschönen Mannes und unsere Lippen fanden sich zu einem Kuss, der Himmel und Erde miteinander verschmelzen ließ. Erik hob mich hoch und trug mich mit seinen starken Armen ins Schlafzimmer, wo er mich langsam auf mein Bett gleiten ließ. Dabei ließ er seinen Blick nicht von mir ab. Diese wundervollen blauen Augen gaben mir das Gefühl, im Meer zu versinken, während er sich neben mich legte und mit einer

Zärtlichkeit, die mich auf Wolken schweben ließ, mit seiner Hand über meinen Körper glitt. Ganz weich und sanft spürte ich seine Finger durch meine Kleidung hindurch. Ich hatte das Verlangen, auch ihn zu berühren, um ihn ebenfalls in diese Welle der Ekstase zu versetzen. Ohnehin spürte ich an meinem Oberschenkel seine Erregtheit! Langsam legte ich meinen Zeigefinger auf seine dunkelroten, sinnlichen Lippen, mit denen er meine Fingerspitze küsste. Langsam bewegte ich meinen Finger hinunter bis hin zu seinem Kinn. Ich näherte mich seinen Lippen und liebkoste sie mit meiner Zunge. Sein Körper begann zu beben und ich spürte seine unendliche Erregung, was mich natürlich noch weiter in diesem Meer der Gefühle versinken ließ. Gott, wie sehr habe ich auf diesen Augenblick gewartet! Seine Hand begann, die Knöpfe meiner Bluse zu öffnen und berührte meine Brust. Der dünne Stoff meines BH's lag dazwischen und ich konnte es kaum erwarten, dass er ihn zur Seite schob um sie direkt auf meiner Haut zu spüren. Auch ich begann, sein Hemd zu öffnen und beim Anblick seiner starken, trainierten, männlichen Brust stockte mir der Atem. Wie von einer fremden Macht gesteuert, musste ich diese Darbietung der männlichen Sinnlichkeit berühren und ebenfalls mit meiner Zunge liebkosen. Ich konnte spüren, wie sein Herz in der Brust pochte, was mich nur noch mehr erzittern ließ vor Erregung. Ich hatte das Gefühl, unbekannte Mächte trugen uns hinweg über alle Welten und Meere, um uns die Unendlichkeit der Liebe und Begierde zu schenken. Wie von Zauberhand musste ich ganz automatisch mit meinen Fingern hinabgleiten zu seiner Hose, um sie langsam zu öffnen. So sehr ich mich auch versuchte, zu beherrschen, es gelang mir nicht zu warten, um den Moment in seiner ganzen Schönheit und seiner nie dagewesenen Magie des Verlangens wirklich vollkommen auszukosten. Ich musste diesen Mann besitzen. Ich wollte ihn endlich in mir spüren. Ich wusste, mein Schoß konnte nicht mehr länger auf ihn warten. Meine Hände wurden schneller und begannen fordernd, seine Hose nach unten zu ziehen. Erik bemerkte, wie sehr meine Lust mich beherrschte und half mir dabei. Er stand auf während er sich entkleidete und dieser Anblick seiner ganzen Schönheit und seiner Männlichkeit gaben mir das Gefühl, ich müsste explodieren. Ich konnte sehen, ja ich konnte spüren, wie erregt auch er war. Seine Brust pochte und sein ganzer Körper zitterte vor Begierde. Sein Atem war schwer und rau. Ich sah in seinen Augen, wie wahnsinnig er sich beherrschen musste in diesem Moment, um nicht einfach über mich herzufallen.

„Ich will dich!!!

Jetzt!!!"

Seine Stimme klang fordernd und männlich.

Ich fühlte, wie er. Wusste, ich musste ihn endlich empfangen. Ich wollte ihn ganz und wahrhaftig in mir spüren. Seine Männlichkeit, seine Schönheit. Ich wollte ihn endlich besitzen. Mein Körper wollte sich mit seinem vereinen. Dieser Augenblick war nicht mehr zu beschreiben. Niemals hätte ich gedacht, dass Liebe einen Menschen beherrschen kann. Dass sie einen Menschen bis hin zum Wahnsinn treiben kann. Ohne dagegen ansteuern zu können entkleidete ich mich, legte mich auf den Rücken und meine Schenkel öffneten sich wie von alleine. Ich streckte ihm meine Hand entgegen ohne auch nur eine Sekunde meinen Blick von ihm zu lassen. Es war ein Blick der Begierde, des unendlichen Verlangens, der Gier. Ein Blick, den ich auch in seinen Augen zu lesen vermochte. Beide spürten wir, wie sehr uns dieser Moment gerade beherrschte und wir ließen es zu. Ließen uns fallen in diese nie vorher dagewesenen Tiefen der Erregtheit. Langsam beugte er sich zu mir herab. Er kniete sich zwischen meine Schenkel, begann, mich mit seinen Händen vorzubereiten für den einen

Augenblick, den wir so sehr herbeisehnten und doch so unendlich genießen wollten. Mein Verlangen ließ mich aufstöhnen und ich bemerkte in seinen Augen, wie sehr sich sein Blick immer mehr in fordernde, nahezu animalische Gier verwandelte. Dasselbe spürte ich in seinem Atem. Ich zog ihn zu mir und flüsterte ihm mit ebenso rauer und fordernder Stimme zu:

„Ich will dich auch!!!!

Ich will, dass du mich besitzt!!!

Wir spürten, wie sogar unsere Blicke ineinander verschmolzen, bevor unsere Körper das taten. Er legte sich über mich. Sein Geruch, sein Körper, alles begann mit mir eins zu werden, noch ehe ich ihn vollends in mir verspüren konnte. Er drang in mich ein, nahm mich nun endlich voll und ganz zu seiner Frau. Wie sehr ich ihn doch spürte! Wie sehr ich doch gefangen war in diesem Moment der Willenlosigkeit, die nur eines zuließ:

Nämlich Begierde!

Unbeschreibliche Begierde!

Beide waren wir in diesem Meer der Ekstase versunken, ja nahezu gefangen. Unsere bebenden Körper hoben ab bis hin zu den Wolken. Unsere Sinne schwanden und wir begaben uns in ein riesiges Universum der Willenlosigkeit, welches uns eins werden ließ.

Absolute Hingabe und grenzenlose Liebe konnten wir spüren und empfangen, wie wir es noch nie vorher erlebt hatten. Gegenseitig ließ diese nie dagewesene Macht uns den Höhepunkt erreichen, der Himmel und Erde, Wolken und Meere, ja das gesamte Universum eins werden ließ. Unsere Körper bäumten sich auf, wie eine nie dagewesene Welle, die uns über alles hinweg trug, bis hin zum Paradies.

Das war es!!!
Das Paradies!!!!

Danke

Ich möchte gerne jeder Person auf dieser Welt Danke sagen, die in diesen schrecklichen Zeiten der Pandemie alle Mitmenschen respektiert und Ihnen mit einem Mund- Nasenschutz gegenübertritt.

Was ist wichtiger in dieser Zeit als Respekt und Nächstenliebe?

Liebe ist nicht das,

was man erwartet zu bekommen, sondern das,

was man bereit ist zu geben

(Katherine Hepburn)

Printed in Great Britain
by Amazon